IVAN ZINBERG

Au commencement

HarperCollins
NOIR

HARPERCOLLINS FRANCE
83-85, boulevard Vincent-Auriol, 75646 PARIS CEDEX 13
Tél. : 01 42 16 63 63

www.harpercollins.fr

ISBN 979-1-0339-1122-7 — ISSN 2551-0096

Prologue

Expertise psychiatrique – Entretien du 16/06/2022.
Retranscription et notes personnelles.

— Monsieur…

(Le sujet me coupe la parole.)

— Je refuse de vous parler.

— Vous avez pourtant accepté ce rendez-vous. Vous étiez d'accord pour qu'on aborde les événements du mois d'avril.

— J'ai changé d'avis.

— On peut discuter d'autre chose, si vous préférez.

— Je n'ai pas besoin d'un expert-psychiatre. J'assume mes crimes.

— Je ne cherche pas à vous brusquer, monsieur. Je veux seulement parler avec vous.

— Je connais la procédure, inutile de vous fatiguer. Vous voulez comprendre ce qui a pu me pousser à tuer. Sachez que je n'ai rien d'un déséquilibré, je suis responsable de mes actes.

— L'objectif est de mieux vous comprendre, sur ce dernier point vous avez raison. Je ne suis ni policier ni magistrat. Je ne vous juge pas. Je vous respecte. Et mes conclusions pourraient vous aider pour les prochaines échéances.

— Qui vous dit que j'ai besoin d'aide ?

(Le sujet sourit, l'air provocateur et suffisant.)

[...]

1

Aulnay-sous-Bois (93). Cité des 3 000.
Mardi 8 mars 2022. 9 h 25.

Osman jouait le rôle de « physionomiste ».

Devant le 29, rue Edgar-Degas, il accueillait les clients assis dans un vieux fauteuil. Il était le premier rempart. S'il reconnaissait un habitué, il le laissait entrer. Face à un inconnu, il évaluait la situation avec plus de méfiance, la main jamais loin de l'arme glissée dans sa veste. Il traquait le vice, l'indice suspect : un concurrent malveillant ou un policier en civil. Le doute levé, avec au besoin vérification des papiers d'identité, il donnait son aval pour l'accès à l'escalier. Une règle : pas plus d'un client à la fois. Il arrivait souvent qu'une file de toxicomanes se forme au pied de la tour.

L'acheteur montait au troisième, passait sa commande et remettait l'argent au « relayeur » – maillon intermédiaire –, lequel gagnait le niveau supérieur, récupérait le produit auprès du dealer – herbe ou résine de cannabis, du seum[1] –, avant de redescendre servir le client. Cette mécanique rodée s'interrompait à la moindre alerte – présence policière ou voiture louche – signalée par les cris des choufs[2] disséminés aux alentours. En pareil cas, Osman et ses complices se retranchaient en catastrophe au dernier étage, dans un logement ami où ils stockaient la marchandise.

Osman fumait joint sur joint. Il tenait des heures à son poste, espérant ne pas avoir l'esprit trop parasité par le shit.

Un acheteur à la mine fatiguée ressortit. Dans son sillage apparut Enzo, jeune blanc-bec nerveux, le relayeur.

— On fait une pause, ordonna-t-il.

— Pourquoi ?

— Je dois aller pisser. Tu laisses entrer personne.

Osman acquiesça tandis que l'autre disparaissait. Il n'y avait pas de client en attente. Le jeune homme se détendit. Il aimait son travail, rémunéré cent cinquante euros par jour. Après trois semaines complètes, il venait d'encaisser plusieurs milliers d'euros. Il était responsable du filtrage à la porte depuis peu, après avoir fait ses preuves comme chouf pendant quelques mois. Il avait arrêté l'école l'année précédente. À seize ans, il s'imaginait un grand avenir. Il deviendrait relayeur, puis dealer. Osman connaissait ses qualités. Il était volontaire, ponctuel, fidèle. Son patron, le gérant du four[3], l'appréciait.

Plus tard, il se verrait bien à la tête d'un point de deal, et pourquoi pas, plus tard encore, semi-grossiste, grossiste, importateur… Aux 3 000, deux des quatre frères Diawara contrôlaient le business. L'aîné était en prison à Fresnes et le deuxième, le chef, avait été tué par balles à la terrasse d'un snack.

Les deux frères cadets avaient alors accédé au rang de boss et tenaient une dizaine de territoires. Peu de personnes connaissaient leur rôle précis ou leurs habitudes. Les petites mains du trafic se contentaient de travailler sans poser de questions. Osman était mieux renseigné car il s'intéressait au métier, pour préparer sa future carrière. Il posait des questions, discrètement, mais s'interdisait de répéter ce qu'il savait. Il ne fallait rien dire, en garde à vue ou ailleurs. Jamais.

La mère d'Osman lui avait pourtant fait la leçon. Ne pas se mêler à ces réseaux. Rester un garçon honnête et tranquille. Ne pas lui faire honte. Mais l'adolescent rêvait. À quoi ? Aux mêmes chimères que d'autres gamins de son âge : gloire, belles voitures, plages en Thaïlande. Fête, filles, champagne.

Un bruit interrompit ses pensées. L'esprit engourdi, son pétard entre les doigts, il tourna le regard au ralenti en crachant un panache de fumée. Sûrement Enzo qui était de retour. Mais ce n'était pas lui. Osman ne comprit pas d'où sortait cette silhouette. Vêtements sombres, cagoule et, surtout, ce flingue pointé vers lui. Pris de court, il sursauta. Avant de plonger la main dans sa veste pour saisir son propre pistolet.

— T'ES QUI ? QU'EST-CE QUE…

Un éclair.

Un froid glacial, étrange, gagna toute une moitié de son crâne. Puis la douleur prit le relais. Osman ne voyait plus que d'un œil. N'entendait plus que d'une oreille. Son équilibre se rompit. Sa vision se troubla. Un chaos intérieur, brutal. Malgré le supplice, la confusion, son cerveau lui fit comprendre qu'il allait mourir, là, dans un fauteuil défoncé, devant cette barre HLM.

Quitter ce monde aussi tôt n'avait jamais été dans ses plans.

2

Rosny-sous-Bois (93). Rue des Cerisiers.
Mercredi 30 mars 2022. 10 h 05.

Freddy se réveilla en sueur, le soleil en pleine figure. Les rayons entraient largement par la fenêtre et illuminaient le petit espace. Il se releva de la mince couchette qui grinça sous son poids et découvrit l'heure à son poignet. Il était à la bourre. Après minuit, il avait quitté le pavillon familial sur la pointe des pieds pour finir la nuit dans sa caravane, au fond du jardin. C'était son remède en cas d'insomnie, en plus du somnifère. Il dormait tellement mal depuis qu'ils vivaient ici…

Le lotissement des Cerisiers avait été conçu pour ceux que l'État appelait administrativement « les gens du voyage ». Une soixantaine de maisons avaient poussé sur ce terrain vague, autrefois occupé par des caravanes, entre le centre commercial Domus et la cité de la Boissière.

Marié, père de six enfants, Freddy Weiss avait accepté l'idée de sédentarisation sous la pression de son épouse. Née à Rosny, lassée par la vie nomade, elle avait insisté pour s'établir aux Cerisiers, avec ses cousins et cousines à proximité.

Celui qui défendait autant qu'il l'aimait sa vie de « Manouche », comme il se plaisait à le rappeler, avait fini par céder. À quarante-six ans, alors qu'il supportait la même vue, les mêmes bruits, les mêmes voisins depuis plusieurs années, il en arrivait à regretter les gendarmes qui avaient pu lui reprocher une installation illicite ou un raccordement sauvage au réseau électrique.

Freddy travaillait comme plâtrier-peintre à son compte, un métier qui constituait avant tout une couverture. Son vrai talent, le plus rémunérateur, était le vol de berlines et la revente de pièces détachées. Il se passionnait pour les voitures depuis toujours. Ses combines rapportaient gros et lui permettaient de se faire plaisir. Il possédait lui-même une Audi, une Alfa et une Mercedes.

Depuis un an, on faisait appel à lui pour des affaires d'un autre niveau. Il fournissait des véhicules à un Corse. Il ne savait pas à quoi ils servaient, mais il avait bien son idée : soit à du transport de drogue, soit à des braquages. On lui demandait de trouver les voitures, de les maquiller en doublette[4] parfaite, puis de les conduire à un endroit précis, souvent un entrepôt. Il laissait les clés sur le contact et récupérait une somme en liquide sur place en contrepartie. Il fallait que les bagnoles soient impeccables, propres, fonctionnelles. Quelques jours après, il devait vérifier qu'aucune balise n'avait été installée entre-temps par les flics. À ce moment-là, il devinait que le braquo ou le go-fast n'allait plus tarder.

Ce business lui plaisait et l'exposait peu. Il s'en contentait – il n'avait jamais eu l'âme d'un truand d'envergure. Ce matin-là, il avait rendez-vous avec le Corse pour une commande à l'autre bout de Paris. Il serait en retard. Il l'en informa par SMS.

Seulement vêtu d'un caleçon, il sortit de la caravane. Le soleil matraqua son crâne rasé. On était fin mars, mais la météo prenait des airs d'été. Tandis qu'il marchait, il vit un scooter qui progressait sur l'allée bitumée, entre les pavillons. Freddy s'apprêtait à rentrer chez lui quand le motocycliste s'arrêta à sa hauteur. Le type mit son deux-roues sur béquille.

— J'ai un colis pour vous !

Il avait parlé fort pour couvrir le bruit de l'engin.

Freddy fit quelques pas vers lui.

— Un colis ?

Le gars, casqué, fouilla dans le coffre situé à l'arrière de son véhicule tout en jetant des regards rapides à droite et à gauche. Freddy, vaseux, le vit soudain sortir une arme de poing. Il n'eut pas le temps de réagir quand l'autre le braqua et lui tira deux balles dans la poitrine. Le Manouche chuta sur le dos. Il voulut appeler à l'aide, mais la surprise, la douleur l'en empêchèrent. L'ombre vint au-dessus de lui et pressa deux nouvelles fois la détente. Sa joue, sa gorge s'enflammèrent. Il perdait son sang par saccades. Du rouge, partout. Sensation de vertige, de chute. Ce qu'il ne comprit pas, avant de mourir, c'est pourquoi cet homme l'avait attaqué.

Il ne se connaissait pas d'ennemi.

Il n'était qu'un petit malfrat.

3

Paris (17e). 36, rue du Bastion.
Mercredi 13 avril 2022. 11 h 55.

Julien Martial se tenait derrière un grand bureau en verre. En 2017, le mobilier hors d'âge du 36, Quai des Orfèvres n'avait heureusement pas fait le déménagement jusqu'aux nouveaux locaux du Bastion. Luc Delmas, installé dans un fauteuil molletonné, observait son supérieur. Grand brun d'une quarantaine d'années, le commissaire affichait un style soigné. Costume-cravate griffé. Cheveux plaqués en arrière. Passé ce vernis, il dégageait une assurance mesurée, sans le côté méprisant de certains patrons. Ses anciens subordonnés le qualifiaient d'homme bienveillant.

Au terme d'un échange sur les affaires judiciaires en cours, Martial, affecté deux jours plus tôt, changea d'angle.

— Parlez-moi de vos effectifs.

Le commandant Luc Delmas et son numéro 2, le capitaine Nicolas Pradier, dirigeaient une équipe de quatre enquêteurs. Le « groupe Delmas » était l'une des trois brigades placées sous la houlette de Martial.

— On a déjà dû vous dire que mon adjoint, Nicolas, était en arrêt de travail, répondit Luc prudemment. On ne tourne qu'à cinq – moi compris –, mais ça fonctionne. Les collègues sont bons.

— J'ai su pour M. Pradier. Vous avez des nouvelles ?

— On s'appelle régulièrement, Nicolas est un ami. Son état s'améliore, mais il faudra encore lui laisser du temps.

— La santé passe avant tout. La prochaine fois que vous l'aurez au téléphone, transmettez-lui mes salutations et mes bons vœux de rétablissement.

Au mois de janvier, Nico avait pété les plombs. Il était parti au volant d'une voiture de service et n'avait plus donné signe de vie pendant quatre jours. Des gendarmes l'avaient retrouvé garé en forêt à cent kilomètres de Paris, comateux, son arme et des plaquettes de médicaments posés sur les genoux. La veille de son escapade, sa femme, Marlène, lui avait annoncé qu'elle le quittait. Soigné un mois en psychiatrie, il avait repris des forces, épaulé par ses deux enfants et sa femme, qui avait reporté son projet de rupture.

— Parlez-moi du reste du groupe, relança Martial.

— Numéro 3 : major Guilaine Monteil, notre procédurière[5]. Toute le monde l'appelle « Guigui ». Elle est à la Crim' depuis vingt ans. Elle a fait sa carrière en PJ, à Paris et à Versailles. Un vrai dinosaure. Elle va sur ses cinquante-sept ans et pourra partir en retraite dans moins d'un an.

— Elle envisage de prolonger ?

— Non. Elle veut consacrer le temps qu'il lui reste à sa famille. Elle est auvergnate, ses enfants et petits-enfants vivent dans leur patelin d'origine. Et la vie de flic lui a déjà coûté un divorce.

— Décidément. On est nombreux.

Delmas ouvrit la bouche et faillit commettre l'erreur de lui poser la question fatidique. Il n'aurait plus manqué qu'il cuisine Martial sur sa vie privée.

Sentant le flottement, le commissaire enchaîna :

— Il faudra donc trouver un remplaçant à la major Monteil. Nous y réfléchirons. Ensuite ?

— Nous avons le brigadier-chef Mario Giordano.

Martial haussa un sourcil, sceptique.

— Le fameux « voyageur » ?

— C'est exact. Nous, on l'appelle « Foto », F-O-T-O, parce qu'il est d'ascendance italienne et prend beaucoup de photos pendant ses voyages.

— J'ai lu dans son dossier que M. Giordano avait sollicité et obtenu deux disponibilités en moins de dix ans…

Martial paraissait décontenancé.

— Tout à fait. Dans le cadre de sa passion. Pour « voir du pays », comme il dit.

— Il a pu revenir ici à chaque fois ?

Delmas retraça son parcours avec patience.

— Foto est arrivé au 36 en 2009. Il était à la brigade des mineurs avant de nous rejoindre. Un bon élément, je l'avais repéré. En 2014, il a demandé une dispo de deux ans. Il a eu mon aval et celui de la hiérarchie. Nous y opposer n'aurait servi à rien.

— Bloquer quelqu'un est contre-productif, c'est vrai.

— Quand il a voulu réintégrer le service, l'un de mes gars allait être muté. Foto a retrouvé sa place.

Le commissaire opina, silencieux.

— *Idem* en 2020-2021, reprit Delmas. Deux ans à voyager. Il a repris en janvier dernier. Seul bémol, le collègue venu nous renforcer voulait rester. Comme ça coinçait, j'ai fait du forcing et le syndicat de Foto a bien manœuvré. L'autre a dû repartir à la Financière.

— Vous avez M. Giordano à la bonne, on dirait.

— J'aime la stabilité. Le turn-over dans les groupes a tendance à m'énerver… Le conserver a été le bon choix. Il a été opérationnel à chaque retour comme s'il n'avait jamais quitté l'équipe.

— Et niveau présentation, rien à redire, selon vous ?

Foto était connu pour son allure négligée. Cheveux en bataille. Barbe broussailleuse. Choix vestimentaires en dehors des clous. Il dénotait au sein d'une BC[6] plutôt stricte en la matière.

— Il pourrait faire mieux. J'y veillerai. C'est le côté baroudeur qui lui joue des tours… J'ai aussi sous mes ordres les brigadiers Stéphane Lain et Sarah Barnowski.

— Les « petits derniers ».

— Steph est là depuis quatre ans, Sarah est arrivée un an plus tard. Ils sont à l'aise et montent en puissance.

Julien Martial, à qui rien ne semblait échapper après deux jours en poste, commenta avec humour :

— J'ai cru comprendre qu'ils s'entendaient bien !

— Ils sont en couple depuis un an. Mais leur histoire ne perturbe en rien le bon fonctionnement du groupe, rétorqua Luc d'un ton sérieux.

Martial se redressa, l'air de peser ses paroles :

— Le directeur a une opinion positive de votre équipe. Les résultats sont là. Vous êtes dans la brigade depuis dix-huit ans et vous n'avez plus grand-chose à prouver, mais…

Un bip retentit. Le téléphone du commissaire. Pendant qu'il consultait son appareil, Delmas songea à ses derniers mots. Il y avait donc un « mais ». Le chef de section reposa son portable.

— Je vous prie de m'excuser. Je disais donc que vos qualités professionnelles ne font aucun doute. En revanche, on m'a sensibilisé sur votre management qu'on pourrait qualifier de… souple.

— J'évite les excès de pouvoir. Le commandement militaire, ce n'est pas ma tasse de thé. Je ne suis pas le seul.

— J'ai discuté avec mon prédécesseur, le commissaire Dustan. Selon lui, vous êtes proche de vos hommes et vous réglez les petits problèmes entre vous autant que possible. C'est courant et ce n'est pas une mauvaise méthode.

Martial fit une pause, saisit une feuille de papier.

— En revanche, je sais que vous avez toléré des écarts de comportement importants en privilégiant la gestion en interne, autrement dit, en fermant les yeux. Dustan s'en est accommodé, libre à lui. Mais moi je fonctionne différemment.

Delmas ne pensait pas se retrouver embarqué sur ce terrain. Son supérieur parcourut ses notes.

— Parmi ces écarts, on a par exemple le sous-marin[7] emprunté aux Stups par le brigadier Lain un dimanche matin pour le déménagement d'un ami. Vous confirmez ?

— Oui.

— Ou « Guigui », comme vous l'appelez, qui disparaît des demi-journées entières pour gérer ses affaires personnelles. Son prochain départ en retraite doit la démobiliser, c'est humain. Mais, à ma connaissance, elle est toujours en fonction…

Delmas ne sut pas quoi répondre.

— Il ne faut pas confondre souplesse et laxisme, poursuivit le commissaire. Je ne cherche pas à vous mettre en difficulté. Je veux seulement éviter qu'une tuile ne nous tombe dessus…

Martial, repoussant sa paperasse, se redressa.

— J'ai été chef d'une sûreté départementale. Les Stups tournaient à plein régime. Le commandant avait de la bouteille dans son domaine. Son adjoint était un lunatique qui rendait peu de comptes. Il s'absentait sans raison, empruntait des voitures le soir, le week-end, ou zonait dans les couloirs au milieu de la nuit.

Martial se râcla la gorge, sourcils froncés.

— En fait, ce voyou tapait dans le local à scellés et revendait de l'héroïne avec la complicité d'un indic. Il dépensait l'argent dans des bordels, des clubs libertins et des casinos en Suisse ou en Allemagne. Le tout en utilisant nos véhicules, nos cartes essence et nos badges péages… L'IGPN[8] avait un œil sur lui depuis des mois. Ils ont débarqué un jour et l'ont placé en garde à vue. Il a été incarcéré. C'est un mauvais souvenir, vous l'imaginez.

— Le chef de brigade n'a rien soupçonné ?

— Il ignorait tout. Trente ans de police, et il s'est fait avoir comme un bleu. Il est parti en retraite anticipée. Ça l'a tellement secoué qu'il en a fait un infarctus.

Le regard du commissaire flotta dans le vague.

— Moi non plus, je n'ai rien vu venir, ajouta-t-il. On m'a « délocalisé » dans un placard à la PAF[9] de Roissy pendant deux ans. J'ai dû batailler pour me refaire une virginité et retrouver une place en PJ. C'est presque un miracle que je sois ici après cette affaire.

— Je comprends.

Martial soupira.

— Je sais que les Stups ne sont pas la Crim'. Et les rouages de la PJ ne sont pas ceux d'un commissariat. Le fonctionnement est plus vertical, les risques plus limités. Mais chat échaudé craint l'eau froide. On a tous en tête l'affaire des cinquante kilos[10].

— Rien d'aussi grave n'arrivera dans mon groupe, répliqua Delmas avec fermeté.

— Si je vous parle aussi librement de mon passé, c'est parce que je ne veux pas qu'un désastre du même genre se produise par négligence ou naïveté. Vous avez ma confiance, mais essayez de serrer vos hommes de plus près. D'autant que, actuellement, vous n'avez pas d'adjoint pour vous seconder.

— Le message est passé, commissaire.

4

Depuis le Bastion, Delmas mettait vingt minutes à pied pour rejoindre son domicile de Clichy. Exécrant les embouteillages, il ne possédait pas de voiture. Quand les services avaient migré aux Batignolles, il avait suivi le mouvement, abandonnant son appartement de l'île de la Cité.

À 19 heures, il remontait la rue Martre. L'artère reflétait le côté baroque du quartier, mêlant restaurants, logements sociaux, lofts et blocs de bureaux. La tendance bobo chic du 17e glissait lentement vers Clichy, plus populaire et bigarrée. Cette mixité lui plaisait. En marchant, il songea à Martial. L'entrée en matière du nouveau patron en aurait égratigné plus d'un, mais il comprenait son approche en forme d'uppercut.

Pour tout ce qui concernait l'administratif, le commandant assumait en effet une certaine désinvolture. Les impondérables de son poste – recadrages, notations, formation, gestion des congés… – lui passaient au-dessus. Il effectuait ces corvées a minima. En revanche, il ne doutait pas de ses capacités d'enquêteur, qui compensaient son désintérêt du management. Elles lui avaient permis d'accéder au 36, le graal du judiciaire.

Luc ne se sentait ni l'âme d'un petit chef ni celle d'un pantin inféodé à ses supérieurs. À quarante-huit ans, il menait sa carrière à la marge, dans une zone grise de l'organigramme. Il louvoyait, calculait, composait avec les uns et les autres, évitait les conflits. Sa stratégie lui garantissait une fidélité indéfectible de la base et un respect méfiant des hautes sphères.

Non, l'entretien avec Martial ne l'avait pas déstabilisé. Il en toucherait deux mots au groupe. Ça n'irait pas plus loin.

Parvenu chez lui, au 25, rue du Landy, il grimpa les étages et pénétra dans un trois-pièces silencieux, où personne ne l'attendait. Il n'avait jamais envisagé la vie de couple, encore moins d'avoir des enfants. À sa défiance envers l'autorité s'ajoutait un besoin d'indépendance quasiment pathologique, et forcément non négociable. Tels étaient les deux piliers de sa personnalité.

Il se prépara une salade et s'installa au salon, son plateau sur les genoux. Arte diffusait un documentaire animalier. L'Afrique. Les steppes du nord du Sahara. La nature, nue et sauvage… Les images l'apaisèrent. Il acheva son repas puis s'allongea sur le canapé. Les grands espaces, la faune majestueuse, la voix off enveloppante lui procuraient bien-être et lâcher-prise. Il ferma les yeux quelques minutes.

Quand il les rouvrit, il faisait noir. Son téléphone vibrait près de lui. 2 h 14. La microsieste s'était muée en moitié de nuit.

— Merde…

Cinq appels manqués, tous de l'état-major[11]. Le premier remontait à cinquante minutes. Il se redressa et soupira. Son groupe, d'astreinte, pouvait dérouiller[12] à tout moment. Delmas rappela puis prit le chemin du Bastion.

Malgré le règlement qui l'imposait, il n'utilisait pas de voiture quand il était de permanence. Chercher une place de stationnement l'emmerdait. Il devait passer au service en récupérer une.

Féru de course à pied, il mit seulement dix minutes à bonne foulée. Il ne croisa pas grand monde. Paris et Clichy dormaient.

Les locaux de la brigade étaient déserts. Il récupéra son sac de doublure[13] et les clés de la 308, puis fila au garage. Peu après, il roulait sur le périph vers sa destination.

La Seine-Saint-Denis. Le fameux 9-3.

5

Delmas avait du mal à se repérer dans la nuit. Même le GPS se perdait. Près de la gare RER de Sevran-Livry, il dut manœuvrer et faire marche arrière pour s'extraire d'une impasse. Après quelques minutes, il s'engagea finalement dans la rue d'Estienne-d'Orves, étroite, qui longeait le canal de l'Ourcq. Il ne distinguait que des ombres. La zone, située en bordure de forêt, dépourvue d'éclairage public, laissait deviner haies, broussailles, bosquets…

Bientôt, le théâtre de l'opération s'offrit à sa vue. Les éclairs bleutés des gyrophares tournoyaient, balayant les talus, ricochant sur les silhouettes et les véhicules. Plus loin, deux projecteurs diffusaient une lumière aveuglante. L'officier descendit de voiture et marcha jusqu'au périmètre délimité par la Rubalise.

Il se présenta à un policier en tenue.

— Commandant Delmas, brigade criminelle.

Il aperçut deux membres de son équipe, Guigui et Foto, en discussion avec un agent local. Il les salua d'un geste du menton. Serge Volokine, un capitaine du Service départemental de police judiciaire du 93, s'approcha de Luc et lui serra la main.

— Salut, Delmas. Bien réveillé ? lui lança-t-il avec un clin d'œil.

Il opina en souriant.

— Ça peut aller.

— Ton état-major t'a mis au jus ?

— Dans les grandes lignes.

— La victime s'appelle Magali Obadia, trente-six ans, demeurant à Aulnay-sous-Bois. Elle avait ses papiers dans son sac à main. Certainement une prostituée qui exerçait ici. On a retrouvé dans son sac des préservatifs, du lubrifiant et de l'argent en espèces.

Luc connaissait le coin. Les filles racolaient le long de la route et effectuaient leurs passes derrière les haies ou dans le parc forestier de la Poudrerie, à côté. Plutôt le soir et la nuit. Ici, pas d'habitations, pas de lumière, peu de passage.

— Comment ça s'est passé ?

Volokine compulsa le carnet qu'il tenait dans les mains.

— À 23 h 26, le commissariat a reçu un appel 17 d'une femme déclarant que sa collègue venait de se faire tirer dessus. Elle n'a pas donné son identité, seulement le nom de la rue. La patrouille a bien découvert un corps.

— Le numéro a été identifié ?

— Le commissariat s'en est occupé, c'est un toc[14]. Nom et adresse bidon, sûrement une ligne « business ». Un sacré boulot de téléphonie vous attend pour éclaircir tout ça.

Le commandant tiqua sur la dernière phrase.

— Pourquoi « vous » ? On est saisis ? (Il jeta un coup d'œil circulaire.) Où est le magistrat, d'ailleurs ?

Delmas et ses hommes se déplaçaient ici en observateurs. Rien n'avait été décidé pour la suite, à savoir qui de la Crim' ou du SDPJ 93 conserverait l'affaire.

— La substitut de permanence est Mme Isabelle Lacroix. Elle a dû repartir en urgence à cause d'un casse signalé place des Vosges. Vous êtes officiellement saisis. Elle attend ton appel.

— OK… « Lacroix », ça ne me dit rien.

— Une nouvelle, je crois.

Vêtu d'un blouson aviateur, le grand blond tira une cigarette de sa poche et l'alluma.

— Le corps a été bougé, reprit Volokine. Le Samu a tenté en vain une réanimation. Je te laisse le certificat de décès. (Il tendit le document à Delmas.) On a déjà repéré trois étuis[15], du 9 mm. Ça correspond aux blessures. Deux balles dans la poitrine, une dans la tête.

Le capitaine tira une bouffée et conclut :

— Une exécution, sûrement à bout portant. Ça pourrait être un règlement de comptes, une embrouille entre prostituées ou un différend avec un client. Tout est possible à ce stade.

Volokine écrasa sa Marlboro, à moitié fumée.

— Tu connais l'essentiel. J'ai donné les informations à tes gars. Dernière chose : on n'a aucun témoin pour l'instant. Tout le monde a dû se barrer en vitesse après les coups de feu. On imagine la volée de moineaux que ça a dû être…

Delmas le remercia puis observa le périmètre. « Terrain vague » était l'expression idoine pour qualifier le carré poussiéreux où reposait la dépouille, à trois mètres de la route. Autour, un tas de déchets jonchait le sol. Sous-vêtements, préservatifs, mouchoirs, tampons, mégots… À l'arrière, un treillis de ronces et de branches était percé d'une ouverture permettant l'accès aux fourrés.

Le commandant avisa sa procédurière, qui préparait son matériel avant de commencer les constatations.

— Tu vas t'en sortir, Guigui, avec ce bordel ?

— Je m'en sors toujours, répondit-elle en souriant, sûre d'elle.

Dans ce décor chargé, la collecte de traces et indices – effectuée aux côtés de l'IJ[16] – s'annonçait ardue. Fidèle à son code vestimentaire, Guigui portait un pantalon de tailleur noir et une doudoune assortie. Ses cheveux blonds au carré tiraient sur le gris. Avec sa silhouette sèche et sa peau ternie par la cigarette, la quinquagénaire affichait le poids des ans. Malgré tout, une beauté frappante persistait chez ce petit bout de femme. Visage harmonieux. Grands yeux verts. Elle enfila une combinaison blanche intégrale, des gants, un masque, des surchaussures, puis intégra le périmètre.

Le brigadier-chef Mario Giordano s'approcha d'un air décontracté.

— Luc, je te fais un point ?

Postés derrière le ruban rouge et blanc, les deux policiers apercevaient le cadavre. Magali Obadia reposait sur le dos, les bras en croix, les yeux ouverts. On avait découpé son débardeur. Des électrodes étaient encore accrochées à sa poitrine.

— Les secours ont tenté une défibrillation pour la forme, commença Foto. Elle a dû mourir sur le coup. On a deux impacts au thorax, l'un au-dessus du sein gauche et l'autre plus central, à la même hauteur. Aucun orifice de sortie dans le dos.

— Les projectiles sont donc toujours dedans, c'est ça de moins à chercher. Et le troisième dans la tête, c'est ça ?

— Milieu du front. Pas d'orifice de sortie non plus. C'est du travail précis, le tireur devait se trouver à proximité directe.

Delmas observa la silhouette fragile. Les bas résille, la micro-jupe, le maquillage... Devant le corps sans vie d'une prostituée, il ressentait toujours de la tristesse. Ces femmes, dont il imaginait les existences marquées par la solitude et les traumatismes, finissaient rarement leurs jours dans la sérénité et la douceur. La violence les poursuivait jusqu'au bout du chemin. Et, même dans la mort, elles ne semblaient pas trouver l'apaisement.

Les agents de la Police technique et scientifique réalisaient photos et vidéos. Guigui s'activait et notait des informations. Des cavaliers numérotés indiquaient la position des trois étuis et d'autres indices potentiels.

— Le contenu de son sac ? relança Delmas.

— Son nécessaire de travail : capotes, Kleenex, et j'en passe. Des doses de poudre. De la coke, à mon avis. Un trousseau de clés, celles de chez elle, sûrement. Et les clés de sa voiture, une Clio rouge garée au bout de la rue. Il y a aussi sa carte d'identité, les papiers de son véhicule, son portefeuille, son téléphone, et même la recette de la soirée. Elle ne s'est pas fait dépouiller.

— L'examen de corps ?

— À première vue, pas de traces de coups ni de lésions de défense. Ses vêtements étaient intacts, ajustés, à part ses chaussures à talons. Elle a dû les perdre en tombant. Rien n'indique qu'on l'aurait frappée ou agressée sexuellement.

Foto se tourna vers la route.

— Steph et Sarah arrivent.

Le couple était encore plus en retard que lui, songea Luc.

— Va les briefer. On fera un point dans un moment, je dois passer des coups de téléphone.

Delmas se mit à l'écart et contacta la substitut. Elle lui confirma la saisine de la Crim'. Isabelle Lacroix lui laissait toute latitude pour la suite, demandant seulement à être tenue au courant. Il appréciait ces magistrats sereins, capables d'accorder leur confiance. Il poursuivit avec l'état-major et le commissaire de permanence, absent car retenu sur une autre affaire. Il envoya enfin un texto à Martial pour qu'il prenne connaissance des premiers éléments.

Delmas réunit ses troupes, sauf Guigui occupée à ses constatations. Les trois enquêteurs se placèrent en cercle autour de lui.

Il s'adressa aux deux ripeurs[17] :

— Sarah et Steph, comme d'habitude : enquête de voisinage et recherche de la vidéo disponible. Ça risque d'être maigre… Interrogez toutes les personnes que vous pourriez croiser dans les environs, s'il en reste après ce qui s'est passé… Clients, prostituées, voyeurs, etc. Relevez les plaques d'immatriculation. Ratissez large.

— On s'en occupe, répondit Steph en hochant la tête.

Luc se tourna vers Foto.

— Tu commences les recherches en téléphonie dès que possible. Tu te concentres d'abord sur le numéro de l'appelante au 17 et sur le téléphone de Magali Obadia.

— D'accord.

— Moi, je vais me charger d'identifier les membres de sa famille et trouver quelqu'un à qui annoncer le décès.

6

Au Bastion, Luc récupéra dans les fichiers l'état-civil et l'adresse de Monique Obadia, la mère de Magali. Dès le lever du jour, il se rendit à Aubervilliers, dans le 93. Une bicoque délabrée, sur la rue Molière, une voie grisâtre et déserte. Il sonna et entendit du mouvement à l'intérieur. Monique Obadia lui ouvrit vêtue d'un peignoir, tignasse blanche hirsute, un torchon à la main. Luc perçut des effluves de pain grillé. À première vue, pour elle, le début d'une journée comme une autre. En réalité, les prémices d'un cauchemar.

— Monsieur ? commença-t-elle, suspicieuse.

Luc détestait ce moment. Il se présenta, déclina sa fonction, demanda à entrer. Elle refusa. Il lui montra sa carte, insista. Elle accepta finalement de le recevoir. Monique Obadia ne voulut pas s'asseoir. En apprenant la mort de sa fille, elle chancela au milieu de la cuisine. Luc la rattrapa à bout de bras. Ce fut une explosion de hurlements. Elle sanglota, se griffa le visage. Il l'immobilisa et la conduisit jusqu'au canapé du salon.

La septuagénaire ne put prononcer un mot. Luc s'éclipsa pour lui apporter un verre d'eau, qu'elle ne remarqua même pas. La situation désastreuse s'imposa au commandant : veuve, mère d'une fille unique, elle ne pourrait compter sur aucun soutien direct pour affronter ce drame.

Le policier contacta les pompiers, qui arrivèrent peu après. La pauvre femme serait hospitalisée. Luc n'espérait pas pouvoir l'auditionner avant le lendemain. Morose et fatigué – il était debout depuis 2 heures du matin –, il regagna son véhicule. Annoncer un décès était toujours une épreuve, mais il devait s'y plier. Pour éprouver le réel. Renforcer sa détermination à sortir des affaires.

À son arrivée au bureau, Guigui, Foto, Steph et Sarah, tout sourire, discutaient autour du café matinal. Luc se joignit à eux. La bonne humeur de ses collègues lui redonna de l'entrain.

— Comment elle a réagi ? demanda Steph.

— Elle est sous le choc. Elle n'a rien pu me dire. Les pompiers l'ont emmenée à l'hôpital d'Aubervilliers.

Guigui lança un tour de table.

— Les prélèvements et les douilles sont partis au labo. J'ai aussi appelé le parquet. L'autopsie est à 16 heures.

— Très bien, répondit Delmas, concentré. Foto ?

Le brigadier-chef honorait son image de routard : jean, chemise à carreaux, cheveux bruns au carré maintenus par un serre-tête. Des airs de bûcheron, au physique lourd, épais. Luc se rappela qu'il devrait lui toucher un mot de son look.

— J'ai lancé les réquisitions pour les lignes d'Obadia, expliqua Foto. Fixe et mobile. Je vais exploiter le contenu du portable.

— Commence par le répertoire pour étoffer son environnement. On n'a pas de proche identifié à part sa mère. Elle était fille unique, célibataire, sans enfant. Et son père est mort.

— OK.

— Sarah, Steph, l'enquête de voisinage et le ratissage du secteur, ça a donné quelque chose ?

— Aucune habitation, rétorqua Sarah d'un ton déçu. On a contrôlé treize personnes qui traînaient dans les environs. Sept prostituées et six hommes. Les filles n'ont rien vu, rien entendu. Trois d'entre elles voyaient de qui on parlait et connaissaient Magali de prénom. Elles la décrivent comme une habituée qui travaillait ici depuis moins d'un an. Rien de plus. Elles sont restées vagues et sur la défensive.

— On va les convoquer. Elles ont toujours du mal à parler au début. Il faut les pousser un peu, ajouta Steph.

— Et les hommes ?

— Des clients à la recherche de chair fraîche ou qui venaient juste de faire leur affaire. Certains l'ont assumé sans problème, d'autres du bout des lèvres. Là aussi, on a fait chou blanc. Rien vu, rien entendu. Donc on n'a aucun témoin.

Delmas soupira.

— Vous me les convoquerez aussi. Et faites le point sur ses effets personnels. Sac à main, véhicule.

Les ripeurs acquiescèrent. Le jeune couple vivait depuis six mois à l'autre bout de Paris, dans le 11ᵉ. Ils venaient au boulot en chevauchant la même bécane, habillés à l'avenant. Jeans serrés. Vestes en cuir noir. Boots. De vrais *bikers*.

Sarah reprit :

— On n'a pas trouvé de vidéos à proximité. On va élargir. Les premières caméras municipales sont à six cents mètres. Pas terrible. Mais on va revérifier et regarder de près.

Delmas se tourna vers l'Italien.

— Foto, on va s'occuper tous les deux du domicile de la victime. Prépare ton matériel et on décolle.

L'appartement de Magali Obadia était situé au 11, rue Alessandro-Botticelli à Aulnay-sous-Bois. La cité des 3 000. Les enquêteurs se garèrent devant un immeuble propre, typique des projets d'urbanisation actuels. Taille humaine. Verdure. Terrasses aérées. Une amélioration de l'habitat social visant à combattre misère et délinquance. Les résultats se faisaient encore attendre.

Ils profitèrent du passage d'un locataire pour entrer dans le hall. Une boîte aux lettres affichait « MME MAGALI OBADIA ». Ils prirent contact avec le gardien, un quinquagénaire dégarni à l'air crasseux. Secoué par l'annonce du meurtre, il eut du mal à comprendre leurs questions.

— On va perquisitionner son appartement, déclara Delmas.

Ils montèrent au deuxième étage. Muni du trousseau de clés de la prostituée, Foto ouvrit la porte et ils investirent les lieux. L'appartement comprenait une pièce de vie, une chambre et une cuisine, presque vides. Mobilier standard. Décoration minimaliste. Tons bleu foncé et blanc. L'ensemble renvoyait une impression de pure fonctionnalité, dénuée d'âme.

Les policiers se partagèrent l'espace. Delmas visita la chambre. Il découvrit des documents bancaires et les déposa dans un carton. La penderie débordait de sous-vêtements et de tenues sexy. Dans un tiroir, il tomba sur des minibombes lacrymogènes, un poing américain, des couteaux de défense, des préservatifs, du lubrifiant... Il poursuivit avec la salle de bains. Elle contenait une cargaison de produits de beauté. Il repéra dans la pharmacie des plaquettes de Lexomil et d'Effexor : anxiolytique et antidépresseur.

La voix de Foto résonna depuis le salon :

— J'ai trouvé ses confiseries !

Delmas rejoignit l'Italien. Debout face à une armoire, ganté, le brigadier-chef tenait à la main des barrettes de cannabis et des sachets.

— Cannabis et cocaïne, apparemment. Une dizaine de grammes de chaque. Les mêmes képas que dans son sac à main, avec les petites paillettes argentées.

— Rien de plus corsé ?

— Non. Et il y a aussi tout un tas de fric.

Il pointa des liasses de billets.

— Près de cinq mille euros.

— Je l'imagine mal en vendeuse. Il n'y a pas de grosses quantités ni de matériel de conditionnement.

— C'est plutôt la recette du tapin.

Ils saisirent un ordinateur, une tablette, des téléphones, un disque dur, des clés USB, de nombreuses cartes SIM. La fouille de la cuisine ne leur apprit rien. Nulle part il n'y avait trace d'un carnet d'adresses, de photos ou de correspondances. Pas de livres. Pas de disques. Pas de fantaisie ni de chaleur humaine entre ces murs. À trente-six ans, Magali Obadia vivait dans la solitude de la prostitution.

Ils commencèrent l'enquête de voisinage. Seize appartements, quatre par niveau, occupés par des familles immigrées pour la plupart. Au moins cinq ou six nationalités différentes. La pêche aux informations tourna court : personne ne connaissait vraiment Obadia. Foto et Luc comprirent qu'elle se faisait discrète sur son métier. La situation se décanta au rez-de-chaussée avec un certain Kevin Pernet.

— Elle est morte ?

— Oui, répondit sèchement Foto. Vous la connaissiez ?

Le type changea de couleur.

— J'ai besoin de m'asseoir.

Les deux policiers, l'attrapant par les épaules, le conduisirent jusqu'à une chaise dans la cuisine.

— Ça va aller ? lança Delmas.

— Oui, murmura-t-il.

Maigre, petit, la trentaine, Pernet ne dégageait ni force ni charisme. Visage creusé. Peau très blanche piquetée de cicatrices d'acné. Épaules en portemanteau. « Un physique de lâche », selon la formule chère à Foto, un brin machiste.

— Vous connaissiez Mme Obadia ? reprit l'Italien.

— Je la connaissais bien, oui.

Ils tenaient enfin une personne susceptible de les éclairer.

7

De retour au Bastion, Delmas, laissant son bureau à Foto pour l'audition de Kevin Pernet – le lieu serait plus propice aux confidences qu'une salle d'interrogatoire froide et impersonnelle –, rejoignit l'espace collectif mitoyen où travaillait le reste du groupe. En le voyant entrer, Sarah l'alpagua, enthousiaste :

— On a du neuf, Luc.

— Je t'écoute.

La rouquine aux cheveux courts expliqua :

— Dans le répertoire de Magali, on a retrouvé le numéro qui a contacté le 17 hier pour signaler les coups de feu.

— Enregistré à quel nom ?

— On a juste un prénom. Sylvie.

Steph, qui vapotait derrière son PC, prit le relais :

— Il y a aussi une Sylvie parmi les prostituées qu'on a interrogées cette nuit. Sylvie Robert. Elle a affirmé ne rien savoir. Si c'est la même fille, elle a menti. Soit elle est impliquée, soit elle a eu la trouille. Je penche pour la seconde hypothèse.

— Sinon, elle n'aurait pas appelé, renchérit Sarah.

Luc opina.

— On a ramené un voisin d'Obadia qui dit bien la connaître, enchaîna-t-il. Kevin Pernet, né le 28 mars 1989 à Paris. Il est un peu sonné, mais Foto va pouvoir l'auditionner. Faites des recherches sur lui.

— Je m'en occupe, dit Steph.

Delmas regagna son bureau et s'installa au fond pour assister à l'entretien. Kevin Pernet était assis sur une chaise, les épaules affaissées, un gobelet d'eau fraîche à la main.

L'Italien commença :

— Vous habitez depuis longtemps aux 3 000 ?

— Quatre ans.

— Vous êtes d'Aulnay ?

— Paris. J'ai fait une demande de logement social et j'ai atterri là-bas. Je n'ai pas eu le choix. J'avais du mal à joindre les deux bouts, j'ai même été SDF pendant trois mois.

— Vous travaillez ?

Foto y allait en douceur. Kevin Pernet n'avait pas prononcé un mot durant le trajet. Il commençait à reprendre pied.

— Pas encore. Pas la force. Je touche des aides, ça me suffit pour vivre. Mais j'espère y arriver un jour.

— Vous avez des problèmes ?

— J'ai fumé trop de joints quand j'étais ado, et depuis je prends des médicaments pour éviter de délirer.

Delmas songea à une schizophrénie, maladie que la consommation de shit pouvait déclencher chez certaines personnes.

— Les effets secondaires me fatiguent, reprit-il. Ça me fait dormir. Mais je vois un psychiatre et ça va mieux.

— Vous avez de la famille pour vous aider ?

— Ils m'ont laissé tomber. C'est compliqué.

— Des amis ?

— Presque pas. Je préfère rester chez moi.

— Bon, dit Foto. On va essayer de parler de Magali.

— D'accord.

— Depuis quand vous la connaissez ?

— Au moins quatre ans, dès que je suis arrivé. Elle habitait déjà là depuis longtemps. En voyant sa façon de s'habiller, j'ai compris. Les soirs à ma fenêtre, je la regardais aller à sa voiture. Je la trouvais si belle. J'ai décidé d'aller lui parler… Elle me manquera beaucoup.

Luc crut qu'il allait se mettre à pleurer.

— Vous aviez sympathisé ?

— Oui, mais je la payais aussi, dit-il en baissant les yeux.

Kevin Pernet était un client amouraché. *Classique,* pensa le commandant.

Foto reformula :

— Vous aviez une relation intime contre rémunération, mais elle était aussi devenue une amie ?

Pernet approuva d'un mouvement de tête.

— On ne faisait pas tout le temps l'amour. Parfois on discutait. De toute façon, je n'aurais pas eu assez d'argent.

— Bien. Dites-moi ce que vous savez sur elle.

Foto ouvrait la porte en grand pour favoriser l'afflux d'informations. Pernet partit dans un monologue laborieux, mais un profil se dessina malgré tout. Magali Obadia se prostituait depuis l'âge de vingt ans. Elle privilégiait le travail de rue et ne recevait chez elle qu'en de rares occasions, seulement au bénéfice d'habitués comme Pernet. Elle travaillait en indépendante et changeait de spot régulièrement pour des questions de concurrence ou de sécurité. Jamais aucun souteneur ne lui avait mis la main dessus. Sa mobilité et sa prudence lui permettaient d'échapper aux réseaux de proxénètes. Elle bossait le long du canal de l'Ourcq depuis l'été 2021.

Au terme de ses explications, Pernet eut l'air désemparé.

— C'est un peu ma faute ce qui est arrivé.

— Pourquoi vous dites ça ?

— C'est moi qui lui ai conseillé ce coin.

— Vous y étiez déjà allé ?

— Oui. Je n'ai jamais eu de copine.

L'Italien, ses mains agiles flottant au-dessus du clavier, intégrait les déclarations dans le procès-verbal.

— Est-ce qu'elle avait de la famille ?

— Même chose que pour moi, elle ne les voyait plus beaucoup.

Pernet déroula la biographie d'Obadia. Elle avait grandi dans le 93, à Montreuil. Milieu modeste. À sa majorité, cette fêtarde qui fricotait avec les jeunes du quartier était tombée dans la drogue. Ses parents avaient tenté de l'aider, mais elle s'était enfoncée, avait lâché ses études et fait ses premières passes pour financer son addiction. L'escalade habituelle.

Cette situation s'était enlisée, même si Magali avait décroché de l'héroïne et se limitait à des rails de cocaïne. Elle rendait peu visite à ses parents, pourtant le lien persistait. Ils soupçonnaient son activité, mais le sujet restait tabou. Ils préféraient ne pas l'aborder au risque de voir leur fille disparaître. Son père était mort d'un cancer quelques années auparavant. Elle envoyait de l'argent à sa mère.

Luc s'étonnait de la précision du témoignage. Pernet et Obadia avaient dû discuter longtemps pour qu'il en sache autant. Il imaginait deux âmes égarées, deux écorchés qui s'épanchaient et partageaient leurs malheurs des soirées entières.

— Qu'est-ce que vous savez de ses amis ?

— Elle n'avait pas de vrais amis, juste des copines qui faisaient le trottoir. C'étaient surtout des relations de travail.

Elle aimait être seule et n'invitait personne chez elle à part quelques clients.

— Vous avez les noms de ces femmes et des clients ?

— Des clients, non. Pour les filles, elle n'utilisait que leurs prénoms et ça changeait en fonction des endroits où elle travaillait. Et puis j'ai une mauvaise mémoire.

— On a trouvé de la drogue chez elle. Vous m'avez dit qu'elle en prenait. Est-ce que vous pensez qu'elle aurait pu en vendre également ?

Pernet secoua la tête.

— Non. Elle en achetait à ses collègues ou aux dealers qui viennent vendre aux prostituées. Peut-être qu'elle dépannait de temps en temps, mais elle n'était pas dealeuse. J'en suis sûr.

— Vous lui connaissiez des ennemis ?

— Elle n'en a jamais parlé. Je sais qu'elle se disputait parfois avec d'autres filles à cause des rivalités, mais c'est tout. Vous croyez qu'on aurait pu la tuer pour une affaire comme ça ?

— Il est trop tôt pour le dire. On vérifie et on interroge les gens pour savoir comment cela a pu arriver.

Pernet se mit à sangloter. Luc s'éclipsa et rejoignit Steph, qui lui tendit une feuille de papier : une première synthèse sur l'homme auditionné. Il reprit sa place en silence au fond du bureau et la parcourut. Pas d'antécédents judiciaires. Titulaire du permis de conduire, mais uniquement détenteur d'un scooter.

Foto donna un nouveau Kleenex à Kevin Pernet, qui se moucha une dernière fois et parut de nouveau opérationnel.

— Ça va aller ? demanda l'Italien.

— Oui, merci.

À cet instant, Martial poussa doucement la porte et fit un petit geste à Delmas, qui sortit dans le couloir.

— Je peux vous voir une seconde ?

— Bien sûr.

Les deux hommes se rendirent à l'espace détente, devant la machine à café. Le chef de section se fit couler un expresso.

— Vous en voulez un aussi ?

— Volontiers, dit Luc.

— J'ai parlé aux brigadiers Lain et Barnowski. Le numéro utilisé par la requérante[18] hier soir apparaît dans le répertoire d'Obadia, au prénom « Sylvie ». Et ils ont contrôlé une prostituée, Sylvie Robert, née le 12 septembre 1987 à Fort-de-France, qui se trouvait rue d'Estienne-d'Orves peu après les faits.

Martial tendit le gobelet à Delmas, qui répondit :

— Ils m'en ont parlé tout à l'heure. Je n'ai pas encore les détails. Mais c'est ça, oui.

— Les SMS trouvés dans le portable d'Obadia ne révèlent rien de déterminant, mais attestent que « Sylvie » se prostitue. Les derniers échanges remontent au début de soirée et indiquent qu'elle était sur place. Il y a de bonnes chances que cette personne soit Sylvie Robert.

Luc avala une gorgée de café.

— C'est probable, oui.

— En revanche, l'adresse qu'elle a communiquée à vos hommes est fantaisiste. Il va falloir la loger.

— Je propose qu'on mette en place un dispositif pour ce soir afin d'essayer de la repérer là-bas. Si elle revient... Et ça pourrait permettre de trouver de nouveaux témoins.

— Validé. Vous me direz si vous voulez des renforts.

— Je viendrai aussi vous rendre compte de l'audition de Kevin Pernet. Mais je ne le vois pas impliqué. C'est un faiblard, sous médicaments. Un peu à l'ouest.

Martial eut un air amusé.

— Beaucoup, même, dit-il. Je l'ai observé tout à l'heure. Il a 2 de tension et des bras comme des baguettes. Vous l'imaginez en train d'empoigner un semi-automatique ? Il lui tomberait des mains avant même qu'il essaie de tirer…

Le commissaire Martial s'éloigna en souriant.

Delmas aimait quand les chefs se détendaient un peu.

8

Le groupe poursuivit ses investigations durant tout l'après-midi. Emploi du temps détaillé et environnement de la victime. Recherches techniques. Batterie d'auditions. Deux collègues d'une autre équipe épaulaient Steph et Sarah pour entendre tout le monde : policiers primo-intervenants, témoins convoqués…

Foto recevait les premières réponses aux réquisitions téléphoniques. Le bornage du portable de Magali Obadia, couplé aux SMS retrouvés, permettait de documenter ses dernières heures. Elle avait quitté Aulnay au volant de sa Clio vers 19 h 30. À Sevran, elle avait échangé des textos avec la fameuse Sylvie :

Sylvie : tu es la se soir ?

Magali : Oui déja arrivé

Sylvie : Moi pas encore. À se soir ma belle

Magali : Vien pas tapé mes clients lol

Il n'y avait pas d'autres SMS, ni avec Sylvie ni avec quiconque. L'existence même de ceux-là relevait du miracle, la quasi-totalité des communications s'effectuant aujourd'hui via des messageries cryptées. Messenger. WhatsApp. Telegram. Des outils plus difficilement traçables, efficaces pour déjouer les surveillances. Les données téléphoniques restaient utiles en matière de géolocalisation et pour identifier des correspondants.

Entre deux auditions, Sarah appela Delmas :

— Luc, les trois bonbonnes du sac à main renferment bien de la cocaïne. J'ai testé. Trois grammes au total. C'est le même papier de conditionnement que celles retrouvées dans son appart. Dans la voiture, RAS.

— C'est noté. Autre chose ?

— Un collègue a récupéré de la vidéo sur son trajet. Obadia est passée à 19 h 47 devant un Crédit agricole de la rue Lucien-Sportiss, c'est à quatre cents mètres. On la distingue très nettement dans sa Clio rouge. Elle est seule.

En début d'après-midi, Martial avait déchargé le groupe de l'aspect vidéosurveillance. Des effectifs détachés en renfort ratissaient le secteur à la recherche de la moindre image.

— Et les auditions ? s'enquit Delmas.

— Deux clients ont été entendus. Ils disent être arrivés entre minuit et 1 heure, donc après le meurtre. On a aussi entendu trois prostituées. L'une se souvient de détonations avant minuit. Elle a pensé à des tirs de mortiers. Elle était loin et n'a rien vu.

— D'accord.

— Sinon, on fait comment ce soir ? demanda Sarah. Martial a dit qu'on montait un dispo pour retrouver Sylvie Robert.

— Rendez-vous à 21 heures à la gare RER de Sevran-Livry. On commencera une fois la nuit tombée. Deux binômes. Foto et moi. Toi et Steph. D'ici là, vous avez le temps de repasser chez vous. Partez plus tôt si vous pouvez, faites un break.

Elle le remercia et raccrocha. Delmas poursuivit la rédaction de son rapport sur les premières investigations. Si certaines enquêtes promettaient une issue rapide, il ne ressentait rien de favorable ici. Ce meurtre en eaux troubles, sans témoins ni éléments concrets, dégageait déjà un fumet d'affaire compliquée.

Vers 17 h 30, Guigui téléphona. Elle était quai de la Rapée à Paris et sortait de l'institut médico-légal.

— Pas de grosses nouveautés. L'un des projectiles a traversé le poumon gauche. Un autre a perforé l'aorte, causant l'hémorragie à l'origine de la mort. Le dernier a été tiré dans la tête quand la victime était au sol. Mais les lésions au thorax auraient largement suffi à la tuer. Les trois balles ont été tirées à moins d'un mètre.

— Des traces quelconques sur la peau ?

— Pas de dermabrasion ni d'hématomes qui pourraient laisser penser à un corps-à-corps ou à des réflexes de défense. Pas de traces de violences sexuelles. Tout indique qu'elle s'est retrouvée face au tueur qui lui a tiré dessus. Sans contact physique.

Guigui fit une pause, avant d'enchaîner :

— Cette fille était bien faite, le corps musclé et bronzé. Elle devait faire des UV et du sport. La légiste a décrit un bon état de santé général. Les analyses toxico nous en diront plus.

— Des résultats sont revenus du labo ?

— Pas encore. Je vais leur apporter les projectiles.

Luc lui communiqua les modalités de la planque prévue le soir même, puis il raccrocha. Après un debriefing avec Martial, il rentra chez lui. Le commandant s'imposait des programmes hebdomadaires de musculation et d'endurance. Aujourd'hui, il ferait une heure de vélo d'appartement avant de retourner travailler. Il détestait le côté bruyant et superficiel des salles de sport sur abonnement. Il s'entraînait donc à domicile. Dans une chambre de son T3, il entreposait tout son matériel : rameur, barre de traction, haltères, chaise romaine, presse à cuisses…

Muni d'une bouteille d'eau et d'une serviette, il se mit à pédaler. Pour accompagner sa séance, il lança sur son téléphone un épisode de *Monk*. Il adorait cette série, l'histoire d'un enquêteur souffrant de troubles obsessionnels compulsifs et de phobies. Surdoué, cet ancien flic devenu consultant épaulait la brigade criminelle de San Francisco. Les intrigues étaient drôles, ingénieuses, parfois émouvantes. En fil rouge, Monk poursuivait une quête quasi mystique qui le maintenait en vie : retrouver le bourreau de son épouse assassinée. La seule affaire, énigmatique, cruelle, qu'il n'avait pas réussi à résoudre.

Perdre la femme de sa vie… Voilà un drame que Luc, éternel célibataire, ne vivrait jamais. Néanmoins, il partageait avec ce héros de fiction une trajectoire perturbée.

Luc Delmas avait grandi à Lille. Dernier-né d'une fratrie de cinq, il gardait un souvenir contrasté de ses jeunes années. Ses parents, ouvriers dans une manufacture de tissu, percevaient des salaires trop faibles pour espérer choyer leur progéniture. Luc n'avait quasiment pas quitté le Nord avant l'âge de quinze ans.

Plus jeune que ses frères, il partageait peu avec eux, préférant ses camarades d'école pour traîner dans les rues de Wazemmes, quartier populaire et animé. Dès la primaire, il se fit remarquer. Dégradations. Tapage… Chaque incident donnait lieu à une râclée administrée par son père. Il se rappelait douloureusement les coups de ceinturon devant la famille au complet.

Il fallait croire que la rudesse de la méthode avait porté ses fruits. À son entrée au collège, aucun accroc majeur n'entachait son dossier. Luc poursuivit une scolarité sans briller, ni bon ni mauvais, partageant son temps entre les jeux vidéo et le sport, football en tête.

Tout bascula en novembre 1991.

Lycéen noctambule, fumeur de pétards et petit dealer, Luc passait ses week-ends dans les boîtes techno du Nord-Pas-de-Calais. Parfois, il poussait jusqu'en Belgique et ses gigantesques night-clubs frontaliers, véritables plaques tournantes de stups.

Au lendemain d'une nuit festive, le soleil se levait quand il parvint chez lui. Aux abords du bâtiment de brique où vivaient les Delmas, des éclats de voix émaillèrent le silence. Il tendit l'oreille. Un timbre masculin. Par intermittence. Un autre féminin. Prédominant. Plus fort.

Les échanges, étouffés par l'épaisseur des murs, se muèrent en cris. Quelques bribes intelligibles : « Arrête ! », « Non ! ». Des coups. Des pleurs. Enfin, des hurlements. Un frisson parcourut sa peau. Car il connaissait cette voix. Celle de sa mère.

Il fouilla ses poches, mains tremblantes, sans réussir à trouver ses clés. Il les dénicha enfin, déverrouilla la porte, traversa le hall de l'immeuble au pas de course et se rua dans l'appartement.

D'abord, ce fut l'incompréhension. Puis son cœur s'emballa. Il vit sa mère recroquevillée par terre, visage et vêtements baignés de pourpre. Elle ne criait plus, ne bougeait plus. Sur le lino, un couteau ensanglanté. Près d'elle, un homme, les yeux hagards, immobile. Son père. Il répétait la même phrase :

— Qu'est-ce que j'ai fait…

9

Garés dans l'obscurité, Luc et Foto planquaient à une extrémité de la rue d'Estienne-d'Orves, près de la gare de Sevran-Livry. Ils observaient un microcosme interlope qui rappelait le bois de Boulogne, à la différence qu'on trouvait ici des femmes prostituées et non des travestis. Pour le reste, rien de différent : clients louches, dealers de cité, voyeurs… En arrivant, ils avaient aperçu des hommes qui se masturbaient en matant un couple en pleine action dans une voiture. À se demander si, en plus du racolage, ce secteur n'était pas aussi un lieu d'exhibitionnisme.

Delmas jeta un œil au tableau de bord. 23 h 07.

— Si on n'a rien d'ici 1 heure du matin, on se casse, lança-t-il avec une pointe de lassitude.

Sylvie Robert n'avait pas encore montré son nez. Viendrait-elle ? Rien de moins sûr. Les deux flics scrutaient les filles. Certaines allaient, venaient, d'autres arrivaient pour commencer leur nuit de travail. Ils n'y voyaient pas à vingt mètres, seulement aidés par un mince croissant de lune. Pour étudier chaque visage, ils se mêlaient à tour de rôle à l'agitation. Ils ne risquaient pas de se faire détroncher. La faune des vicelards, dealers et racketteurs constituait une solide couverture.

Sarah et Steph effectuaient la même surveillance de l'autre côté. La nuit précédente, les deux ripeurs avaient tiré le portrait en douce aux prostituées croisées dans les parages et interrogées. Le groupe disposait donc d'une photographie la plus récente possible de Sylvie Robert.

— En voilà deux autres, lâcha Foto.

Un tandem s'installait au bord de la route. De longues tiges sur talons hauts, vêtues de skaï.

— On va attendre un peu, répondit Luc.

À trois reprises, des filles étaient venues proposer leurs services à la portière. Ce que ne firent pas les nouvelles venues. L'une des deux disparut avec un homme. L'autre discutait avec un second larron.

— Je vais faire un tour, annonça l'Italien.

Il descendit de voiture et traversa la route. Luc ne l'eut bientôt plus dans son champ de vision.

Le commandant alluma la radio. France Info.

« Huit jours avant le second tour de l'élection présidentielle, les deux candidats qualifiés Emmanuel Macron et Marine Le Pen multiplient les déplacements de campagne. Ils participeront au traditionnel débat de l'entre-deux-tours pour confronter leurs idées et leurs programmes. L'occasion pour France Info de revenir sur les grands déb… »

Lassé, il changea de station, au hasard. Radio Nostalgie. Julien Clerc chantait un vieux tube des années 1980. Variété sans saveur pour le fan de jazz qu'il était. Une autre fréquence diffusait un rap français aux paroles misogynes. Il coupa la radio et, saisissant son téléphone, lança une playlist Spotify de Jaco Pastorius.

À la radio, il n'y avait en fait que deux choix possibles : musique mainstream ou actualité politique, avec un zeste de crise sanitaire. Les médias se focalisaient sur les élections comme si aucune autre information n'était digne d'intérêt. Le Yémen et la catastrophe humanitaire en cours ? Pas un mot. L'effondrement de la biodiversité ? Rien ou presque. Luc se souvenait du rapport du Giec dévoilé l'été précédent. Les experts sonnaient l'alerte. Avait-on mis en avant leurs conclusions ? Non. Le jour de la publication de ce rapport, Lionel Messi signait au PSG.

Sur les plateaux de télévision, on donnait souvent la parole aux idiots utiles de l'industrie pétrolière, capables de nier un réchauffement climatique d'origine humaine validé par la communauté scientifique du monde entier. Aux analyses pertinentes, on préférait l'information commerciale : populisme, people, faits divers, polémiques, insultes... Un procédé efficace pour attirer les téléspectateurs-consommateurs et les gaver d'écrans publicitaires. CNews, Pascal Praud et autres Hanouna maîtrisaient le filon.

Au fil des ans, Luc s'était intéressé à la cause écologiste. Pas celle des politiques, lamentable farce d'apparatchiks visant à se partager les bons postes. Il était question d'engagement. Après son abandon de la voiture et des voyages en avion, il avait proscrit la consommation de viande et de poisson.

Il se félicitait de ne pas voter et encourageait l'abstention. Quand il n'y aurait plus que dix pour cent de votants, on pourrait pointer l'illégitimité des dirigeants. Les obliger à réviser leur copie pour construire un autre monde.

On toqua à sa portière, ce qui mit un terme brutal à ses rêveries utopiques. Il abaissa sa vitre.

— Pas de Sylvie, lâcha Foto.

— Merde.

Le brigadier-chef reprit place derrière le volant. Delmas, l'esprit toujours orienté vers le même sujet, lui demanda de but en blanc :

— Tu vas aller voter, toi ?

— Bien sûr !

— Pourquoi « bien sûr » ? rétorqua le commandant en fronçant les sourcils.

Foto le regarda avec étonnement.

— Le sang a coulé pour qu'on puisse voter. Et hors de question de laisser les autres choisir à ma place, trancha-t-il.

— C'est des clichés, ça, répondit Luc en pouffant. Bon, tu vas voter pour qui, alors ?

— Macron.

— Par élimination ou par conviction ?

— Pour éviter Le Pen, répondit l'Italien avec sérieux.

Luc espérait aussi que Le Pen ne serait pas élue. Non pas qu'il la trouve plus nocive que Macron ou Mélenchon. Il savait simplement que, avec elle, la France de gauche se soulèverait avec des manifestations monstres, sauvages, tous les jours, pendant des semaines. L'épisode des « gilets jaunes » tiendrait de la promenade de santé en comparaison.

— T'as voté Jadot au premier tour ?

— Exact, dit Foto.

L'Italien, autoproclamé « citoyen du monde » ou « grand voyageur », se considérait écologiste. À la nuance près qu'il sillonnait la planète à bord d'engins polluants. Luc allait le titiller là-dessus quand le brigadier-chef plissa les yeux.

— En voilà une qui ressort du sous-bois.

Sylvie était martiniquaise. Ça pouvait coller.

— On va aller vérifier, fit Luc.

Ils marchèrent dans la pénombre. Des individus les croisèrent avec indifférence. Près d'un bosquet se tenait une grande et belle femme noire. À côté d'elle, un homme blanc, la soixantaine, cheveux gris en broussaille, costume mal coupé. Le genre vieux garçon austère et mal dans sa peau.

Elle devait avoir dans les trente ans. Minishort en cuir noir, bas résille, débardeur très moulant. Si certains – comme Foto – semblaient réceptifs à ce genre de vue, Delmas n'éprouva rien en apercevant la jeune Martiniquaise.

Les deux flics reconnurent sans hésiter la femme de la photo. Elle portait d'ailleurs la même tenue que la veille.

— Vous êtes Sylvie ? lança Luc.

Elle parut inquiète. L'homme à son côté fit mine de s'esquiver.

— Ne bougez pas, lui ordonna Foto.

Le type se figea. Sa comparse resta silencieuse.

— Est-ce que vous êtes Sylvie Robert ? réitéra Luc.

Soudain, elle se rua vers le bosquet, abaissa son mètre soixante-quinze sous les frondaisons et disparut dans les feuillages.

— J'y vais, lâcha Luc dans un souffle. Je te laisse le contrôler.

Foto acquiesça. Delmas alluma sa Maglite et bondit dans le sillage de la prostituée. Le faisceau braqué devant lui, il l'aperçut à une vingtaine de mètres. Elle détalait sur le chemin à grandes enjambées, l'air de connaître son terrain de jeu.

Le sentier traversait la forêt, et elle ne s'en écartait pas. Luc ne la quittait pas des yeux. En plus de sa lampe, il pouvait compter sur les bornes lumineuses à énergie solaire qu'on avait disposées de part et d'autre de la piste. Les travailleuses du sexe, organisées, avaient balisé leur espace de travail. Les bois abritaient du monde. Luc aperçut des couples en action : fellations en toute impudeur près du chemin ou rapports complets derrière des draps suspendus aux arbres. Un étonnant concert animait ce bordel à ciel ouvert. Éclats de voix. Râles de plaisir.

Le commandant savait qu'il la rattraperait. Il comprenait maintenant pourquoi elle portait des Converse et pas des escarpins.

— Revenez, Sylvie ! cria-t-il dans l'obscurité. Je veux vous parler ! Vous ne craignez rien, vous avez ma parole. S'il vous plaît !

Contre toute attente, elle se mit à ralentir. Se sentait-elle rassurée par le vouvoiement, les mots de Luc ? Le policier arriva à son niveau. Elle finit par s'arrêter pour de bon. Elle se retourna, voûtée, essoufflée. Il éclaira son visage. Il pensait tomber sur une furie bagarreuse. Il découvrit une femme à bout de nerfs.

10

— Calmez-vous, dit doucement le commandant.

Sylvie sanglotait sans discontinuer depuis que Luc l'avait rejointe. Ils remontèrent le chemin et retrouvèrent Foto au niveau de la route. La prostituée demeurait muette. Ses larmes coulaient toujours. Delmas constata que l'homme présent aux côtés de Sylvie avant sa fuite n'était plus là. Foto expliqua l'avoir laissé partir. C'était un habitué qui ne venait que pour voir Sylvie, une fois par mois. Il ne savait rien à propos de la nuit dernière.

À la lueur de la torche, le trio marcha jusqu'à la 308.

— Montez à l'arrière, dit Luc.

Sylvie s'exécuta.

— Comment vous sentez-vous ?

— Un peu mieux, murmura-t-elle.

Il ferma sa portière. Les deux flics remarquèrent alors trois individus encapuchés près de la voiture, côté passager. Luc grimaça. On n'y voyait rien et ce pouvait être des racketteurs armés. Se faire agresser dans ce genre d'endroit était courant.

— Qu'est-ce que vous foutez là ? lança Foto.

Ils reçurent en réponse un flot d'injures. Luc sentit l'embrouille arriver. Il saisit le bâton télescopique fixé à sa ceinture. Foto attrapa un conteneur lacrymo dans le coffre et en pressa la poignée pour les arroser de gaz irritant

— Nique ta race ! cria une voix.

— Ta mère la pute ! hurla une autre.

Il y eut du mouvement dans la pénombre. Luc, bloquant sa respiration, traversa le nuage de gaz et balança une dizaine de coups à l'aveugle. Il toucha cinq ou six fois. Foto s'était muni de sa matraque. Il passa à tabac un retardataire. Les autres s'étaient tirés.

Les deux flics, la gorge en feu, palpèrent l'homme immobilisé à plat ventre sur le sol. Sans surprise : dans une poche, un poing américain et un cutter. L'Italien confisqua les armes et asséna à l'individu des coups de pied inutiles. Luc attrapa son collègue par le bras.

— Laisse tomber, Mario, on se barre.

Quand il s'adressait à Foto par son prénom, cela signifiait qu'il avait déconné. Le chef de groupe établissait une distance. Foto était de ces personnes à double visage, paradoxales. Doux, proche des gens, poète à ses heures, il pouvait aussi péter les plombs, perdre le contrôle. Au début de sa carrière, il avait travaillé à la BAC[19] de nuit, à Paris. Certains récits d'interpellation sentaient la poudre.

La 308 quitta la rue. L'animation ne semblait pas faiblir. Foto, calmé, roula au pas pour éviter de percuter un piéton. Ils sortirent tranquillement de Sevran. Peu après, Luc déroula le programme à Sylvie Robert.

— On va aller discuter dans nos locaux. Il faut qu'on parle de ce qui s'est passé hier. Vous comprenez ?

Elle paraissait reprendre quelques couleurs. Elle renifla. Delmas lui tendit un nouveau mouchoir.

— Je vais tout vous dire… Pauvre Magali.

*

Sarah voulut s'occuper de l'audition, affirmant qu'elle était la mieux placée en tant que femme. Dans la salle d'interrogatoire, face à la brigadière, Sylvie cessa de pleurer.

Depuis son bureau, Delmas, en compagnie de Foto, allait suivre l'entretien sur écran. Une innovation propre au Bastion. Le commissaire Martial, qui donnait l'impression de passer sa vie au travail, les rejoignit. Il était presque 1 heure du matin.

Après avoir notifié sa garde à vue à Sylvie Robert, qui ne demanda pas d'avocat, Sarah entra dans le vif du sujet. La soirée de la veille. La jeune femme raconta :

— Je suis arrivée après Magali. Je travaille là-bas depuis deux ans, presque toutes les nuits. Je viens en voiture et je me gare le long du canal. Je suis là en soirée, je n'ai pas d'horaire fixe pour le début. Je repars à 5 heures du matin.

— Vous avez échangé des SMS avec Magali Obadia ?

— Pour savoir qui arriverait la première. C'était une bonne copine. Elle travaillait là depuis un an. On s'entendait bien.

Elle ravala un sanglot et continua :

— J'ai tout vu. J'étais presque à côté.

— Qu'est-ce que vous avez vu ? Un homme qui lui a fait du mal ? Une femme ? Quelqu'un est venu en voiture ? À pied ?

Le feu de questions était volontaire. Pour permettre à Sylvie de se lâcher, de laisser couler le récit.

— On était du même côté de la route, dans le noir. Il n'y a pas de lumière à cet endroit. Magali avait eu plusieurs clients. Moi aussi. C'était un bon soir. Elle m'a proposé de faire une pause. On est allées prendre un… petit remontant.

— De la cocaïne ?

— Oui. On en avait toutes les deux.

Sylvie balançait tout. Elle reprit :

— Les filles qui travaillent beaucoup, comme Magali et moi, en consomment souvent. Il nous faut ça pour tenir. On a pris une trace, à l'abri dans la forêt. On a fumé une cigarette. Ça a duré dix minutes en tout. Et on est revenues sur la route.

— Qu'est-ce qui s'est passé après ?

Sylvie tapota les poches de son short, oubliant qu'elles avaient été vidées lors de sa fouille.

— Vous avez une cigarette ?

Sarah tira une clope et un briquet de son blouson.

— Merci, dit Sylvie en expirant une première bouffée. Donc… j'étais à côté, vraiment près. Il y avait une troisième fille. Une voiture s'est garée. La fille est montée et ils sont partis. Il ne restait que Magali et moi. C'est là que j'ai entendu le scooter.

Elle renifla. Se retint de pleurer.

— C'était un scooter sombre. Je ne sais pas de quelle couleur. Il s'est arrêté et le conducteur a regardé autour de lui. Puis il s'est remis à rouler jusqu'à Magali. Il a calé le scooter sur sa béquille et Magali s'est rapprochée. Ils ont parlé. Je me suis dit qu'ils allaient s'éloigner pour faire leur truc derrière les arbres. Comme d'habitude, quoi. Je regardais ailleurs quand j'ai entendu un bruit. Ça ressemblait à un claquement. Je me suis retournée et j'ai vu que le type lui tirait dessus.

Nouveau reniflement.

— Vous avez vu distinctement la scène ?

— Plus ou moins. L'homme avait le bras tendu, alors j'ai tout de suite fait le lien entre ce geste et le bruit entendu juste avant. Il a tiré une deuxième fois, et Magali est tombée. Il s'est penché sur elle et il a tiré encore. Après, il a rangé le pistolet dans le coffre du scooter. Et il est reparti.

— C'est à ce moment-là que vous avez appelé la police ?

— Oui.

— Pourquoi vous n'avez pas donné votre nom ?

Le ton était doux. Sarah ne voulait pas la brusquer.

La cigarette tremblait au bout des doigts de Sylvie.

— J'ai paniqué. J'avais de la drogue dans mon sac et c'est moi qui en vendais à Magali. J'étais morte de trouille. Je savais qu'elle pouvait mourir, mais j'avais aussi peur de la police.

— Vous avez fait de votre mieux.

Sylvie expulsa la fumée. C'était une femme longue et fine, athlétique. Elle avait des yeux en amande, verts, qu'on remarquait malgré son maquillage abîmé par les larmes. Ses cheveux tressés tombaient dans son dos comme un entrelacs végétal.

Dans le bureau de Luc, le trio de policiers suivait l'échange entre Sarah et Sylvie sur l'écran de l'ordinateur. La qualité du son et de l'image était parfaite. Pour une fois, on ne pouvait rien reprocher à l'administration. Le matériel tenait la route. Foto ne manqua pas de commenter le profil de la Martiniquaise :

— Avec son physique et son métier, elle a dû voir passer plus de queues qu'une table de billard.

— On se calme, brigadier-chef Giordano, rétorqua Martial avec un demi-sourire.

Delmas, bon public, pouffa. Puis ils se concentrèrent à nouveau sur Sylvie, qui reprenait la parole :

— J'ai appelé la police, mais je voulais rester anonyme. C'est un portable professionnel. Une puce activée avec un faux nom. Désolée si je vous ai fait perdre du temps. Je voulais que les secours s'occupent de Magali, c'est tout. Après avoir appelé, j'ai couru me cacher dans les bois. Je suis restée seule, longtemps… Quand je suis revenue prendre ma voiture, je suis tombée sur vous.

Pendant l'heure et demie suivante, Sarah et Sylvie recomposèrent les événements de façon chirurgicale. La Martiniquaise dut tout raconter une seconde fois, avec force détails.

Le résultat déçut un peu le trio réuni dans le bureau. Certes, on savait maintenant que le tueur était venu à scooter. Mais en dehors de ça… Le signalement restait flou : une silhouette sombre, casquée, taille moyenne. Et, à cause de l'obscurité, leur seul témoin n'avait vu ni le modèle, ni la couleur, ni la plaque du scooter. Un bilan moyen, en somme.

Sylvie n'avait pas la moindre idée du mobile. Elle décrivait Magali comme solitaire, toxico mais pas trop, qui n'avait jamais réussi à quitter le trottoir. Pas d'ennemis connus. Pas d'amis, pas de conjoint. Elle l'appréciait et espérait mieux la connaître un jour. Son seul tort, selon Sylvie, avait été de fréquenter des endroits dangereux. Les risques, terribles, de leur métier.

— Qu'est-ce que vous en pensez ? demanda Martial.

— Elle dit la vérité, lâcha Luc, sûr de lui. Elle a vidé son sac. Les choses ont dû se passer comme elle le raconte.

— Je suis du même avis, renchérit Foto.

Martial acquiesça, mais sa moue signifiait qu'il était moins catégorique. Il regarda sa montre. Presque 3 heures.

— Je vais vous abandonner, il est tard.

Le chef de section les salua et quitta la pièce. Luc et Foto rejoignirent Steph. Le ripeur travaillait sur l'environnement d'Obadia et son matériel numérique. Sarah débarqua après avoir raccompagné Sylvie dans sa cellule. Seule Guigui n'était pas là.

Steph s'adressa à la cantonade en souriant :

— Bon, on se boit une bière ?

11

Expertise psychiatrique – Entretien du 16/06/2022. Retranscription et notes personnelles.

[…]

— Vous êtes détenu ici depuis deux mois. Vous êtes à l'isolement dans une cellule de neuf mètres carrés. Vous bénéficiez d'une télévision, d'un réfrigérateur et d'une plaque de cuisson. Vous ne pouvez sortir qu'une heure le matin et une heure l'après-midi. Vous n'avez accès qu'à la cellule voisine pour faire du vélo d'appartement. Vous n'avez le droit de voir personne. Pour finir, vous êtes sous surveillance vidéo vingt-quatre heures sur vingt-quatre. Alors oui, je pense que tout est bon à prendre pour améliorer votre sort. Et j'affirme en tant qu'expert que je suis en mesure de vous aider.

(Le sujet prend le temps de répondre. Mes mots ont l'air d'avoir eu un impact sur lui. Le contact est noué et il ne fuit plus l'échange.)

— Vous espérez saisir mes motivations aussi facilement ? La cause que je défends dépasse tout ce que vous pouvez imaginer. Elle est civilisationnelle, bien au-delà de vos capacités de compréhension. Pauvre homme que vous êtes…

— J'entends ce que vous dites, monsieur…

— ATTENTION À CE QUE VOUS ALLEZ DIRE !
(Il refuse catégoriquement que je prononce son nom de famille, comme lors de la courte entrevue de la semaine précédente. Il me coupe la parole quand je m'apprête à utiliser son identité véritable.)

[…]

12

Dans un coin de la pièce, Steph avait installé un minifrigo. Il attrapa cinq Leffe et fit la distribution. Le « grand bureau », comme on l'appelait, comprenait les postes de travail de Sarah, de Steph, de Foto et de Nico. Le commandant s'était assis à la place laissée vacante depuis janvier. Rien ne semblait avoir bougé. Paperasse. Stylos. Mug siglé « Synergie officiers » encore bruni de traces de café…

Luc en profita pour donner des nouvelles de l'absent.

— J'ai eu Nico au téléphone.

— Alors ? demanda Sarah.

— Il n'avait pas trop la forme, répondit-il avec une grimace inquiète.

Steph parut étonné.

— Ça allait bien dernièrement, d'après ce que tu disais.

— Ça fluctue. Marlène ne reste avec lui que pour le ménager, il a bien compris qu'elle partirait après. Il a du mal à le digérer.

— Pauvre Nico, lâcha Sarah.

— Je vais lui faire un album photo, annonça l'Italien.

Le groupe ricana. La brigadière le chambra :

— Tu nous soûles avec tes albums.

Foto offrait ce genre de cadeau à la moindre occasion. Compilations, montages, BD personnalisées, livres illustrés, peintures-collages… Chaque création était conçue sur la base d'images exotiques glanées tout autour du monde.

— Ça lui fera plaisir, dit Luc.

Le sujet avait toujours fasciné Steph. Il demanda :

— Tu as pris combien de photos depuis que tu voyages ?

— Environ un million, je pense. Après sélection, il doit m'en rester vingt mille. Le best of Mario Giordano.

— Un million… Et combien de pays visités ?

— Soixante-quatre. J'aimerais visiter tous les pays du monde. J'ai bien entamé l'Europe et l'Amérique du Sud.

— Tu vas donc continuer à nous quitter de temps en temps, un an ou deux, avant de revenir avec nous ?

— Je n'ai pas de projet précis. Je pourrais même abandonner la police. Si je n'avais pas pu réintégrer la Crim' et qu'on m'avait imposé un poste pourri en commissariat, j'aurais dit non.

Delmas intervint :

— Je me suis battu pour que tu reviennes et c'est un miracle que ça ait marché deux fois. L'administration ne l'acceptera plus. Soit tu es à la Crim', soit tu es photographe.

Foto exposait et vendait ses clichés sur Internet, se constituant ainsi une source de revenus complémentaires.

— Tu voyages cet été ? demanda Sarah.

— En août. Ouzbékistan. Kazakhstan. Kirghizistan. Tadjikistan. Une semaine par pays. J'ai trouvé un bon fixeur[20], on pourra circuler en évitant un maximum de contrôles.

— Fais attention, lança Steph.

Le groupe connaissait les habitudes de Foto pendant ses escapades. L'homme, aventurier-né, prenait des risques.

— Un jour, poursuivit Luc, tu vas te retrouver en prison dans un pays foireux… (Le commandant soupira.) Et, normalement, tu dois aviser ta hiérarchie avant de voyager dans des zones sensibles.

Et d'ajouter à l'intention de tous ses collègues :

— Je vous ai toujours lâché la bride, mais soyez prudents. Martial m'a convoqué. Il a pointé des écarts de conduite et m'a demandé de vous serrer la vis. Il a peur d'un dérapage.

— Quels écarts de conduite ? demanda Steph, qui décapsulait une deuxième Leffe.

— Quand tu as pris le soum des Stups pour le déménagement de ton pote, par exemple.

— C'est que dalle, ça…

— La prochaine fois, sois plus discret, dit Luc avec fermeté.

Foto finit sa bière et rota.

— Pauvre Martial, lança-t-il. S'il savait que j'ai de l'herbe et que je fume un pétard tous les soirs, il s'étranglerait.

Éclats de rire.

— Bref, reprit Luc. Je compte sur vous.

Il songea à son adjoint en scrutant les objets sur le bureau. Des photos de Nico avec Marlène et les enfants. Des voitures miniature. Un fanion du Stade français. Un cliché du groupe au restaurant. Ce jour-là, ils avaient fêté l'élucidation d'un règlement de comptes lié à la mafia israélienne.

— Bon, je suis crevé. Je rentre, dit Foto.

— Nous aussi, fit Sarah.

Avant de se coucher, Luc prit une douche et accomplit son rituel hebdomadaire : se raser le crâne à blanc. Sa calvitie ne lui permettait aucune fantaisie. Boule à zéro, yeux bleus : Luc était le portrait craché de son père. À l'époque, on devinait leur lien de parenté d'un simple coup d'œil. Il espérait ne rien partager d'autre avec Bernard Delmas. Car, pour le reste, il n'y avait rien à sauver chez cet homme coupable de s'être acharné sur sa femme comme un boxeur sur un sac de frappe, avant de la poignarder à trente-quatre reprises.

Luc aurait voulu l'effacer de sa mémoire. Au contraire, il hantait ses nuits.

Après les funérailles, Luc avait peiné à intégrer son nouveau schéma de vie. La femme qui l'avait couvert, lui, le petit dernier, d'un amour infini, était morte. Comment reprendre pied dans cette réalité vertigineuse ? Il en voulait tant à son père... La frêle Françoise Delmas avait péri face à cent vingt kilos de force brute. Son meurtrier, aviné, puissant, ne lui avait laissé aucune chance.

En découvrant les résultats de l'enquête judiciaire, Luc était demeuré sans voix. Ses frères savaient que leur père battait sa femme. Lui, non. Plus jeune, plus distant, il n'avait rien vu. Tout juste avait-il remarqué que sa mère se maquillait beaucoup. Pourquoi ne lui avait-on rien dit ? Pour le protéger. Éternelle rengaine... Avant le drame, il voyait son père comme un nounours bourru, limité intellectuellement, éduquant ses enfants à la dure. Mais l'essentiel lui avait échappé. Il le payait aujourd'hui au prix fort.

Bernard Delmas avait été écroué à la prison de Lille-Annœullin. Et Luc n'avait dès lors cessé d'imaginer des scénarios improbables, comme payer un maton pour l'empoisonner.

Le procès, l'année suivante, lui avait permis de mieux comprendre la relation de ses parents. Disputes. Empoignades. Échanges de coups. Sa mère n'avait jamais dénoncé les faits, craignant de voir la situation empirer. Les aînés, redoutant les réactions d'un père impulsif et alcoolique, n'avaient quant à eux jamais osé parler.

La sentence était tombée. Dix ans d'emprisonnement.

Malgré un deuil difficile à faire et sa haine de Bernard Delmas, Luc fit face. Il avait décidé de lutter, d'en ressortir plus fort. Il fêta sa majorité en même temps que sa réussite au baccalauréat.

Sans projet d'études, il loua une chambre et travailla en intérim. L'année suivante, il fit son service militaire. À son retour, les mêmes sentiments l'animaient. Pour son père, le dégoût, la répulsion. Pour sa mère, la culpabilité, écrasante, démesurée. Comment aurait-il pu empêcher cette tragédie ? Que pouvait-il faire pour elle, même si elle n'était plus là ? Sans doute rien…

Pourtant, il eut un déclic. Au moment de l'enquête sur le décès de sa mère, il avait discuté avec les policiers. Il se souvenait des mots d'une inspectrice : « Des femmes battues et tuées par leur mari, il y en a partout, dans tous les pays, à chaque seconde. C'est un drame permanent et universel… »

L'idée prit corps. Devenir lui-même flic. Luc voyait dans cette trajectoire une réponse, un écho à son histoire. Françoise Delmas appartenait au passé, mais il restait des milliers de femmes à secourir. Des épouses, des mères, des filles en souffrance. Il pourrait les aider, leur rendre justice, arrêter leurs tortionnaires. Et peut-être se racheter de son impuissance à sauver sa mère.

Il contacta des policiers, posa des questions. Les réponses obtenues finirent de le convaincre. Il brilla au concours d'inspecteur et choisit un poste à Paris, ne se voyant pas revenir à Lille. Il raya de sa vie ses frères, choqué d'apprendre qu'ils rendaient visite à son père au parloir. Curieuse nature humaine…

Sans certitude au départ, il se découvrit une vraie vocation pour la maison poulaga[21]. Plus tard, il délaissa la voie publique pour l'investigation, d'abord en commissariat, puis à la PJ. C'est à cette époque qu'il apprit la mort de son père : ce dernier avait succombé à un AVC à sa sortie de prison. Luc se garda bien d'aller aux obsèques.

Il se passionnait pour le judiciaire. Les dossiers s'enchaînaient. Les succès, souvent. Les échecs, parfois. Solitaire dans l'âme, il consacrait son temps et son énergie au travail. Après deux tentatives, il accéda au service de ses rêves.

Le 36, Quai des Orfèvres.

La brigade criminelle.

Luc s'endormit sur cette pensée plus heureuse, qui le rendait si fier.

13

Guigui aimait venir tôt pour travailler sur ses dossiers. Comme ses homologues, la procédurière disposait de son propre bureau. Sa fonction nécessitait calme et isolement.

— Vous avez trouvé Sylvie ? fit-elle à Luc.

Dès son arrivée, le commandant était passé la voir.

— Oui. On sait maintenant que le tueur est venu en scooter, dit-il. En dehors de ça, pas grand-chose de neuf.

Guigui pivota sur sa chaise à roulettes. Ses mains se dirigèrent vers les rayonnages d'une armoire métallique.

— J'ai reçu des réponses, dit-elle en se retournant, un tas de paperasse à la main. Négatives.

— Vas-y.

— D'abord, la balistique. Les projectiles n'apparaissent nulle part dans les bases de données. Ensuite, les relevés effectués sur le corps et les objets saisis ont permis d'isoler six ADN. Aucun n'est au FNAEG[22]. De toute façon, vu le mode opératoire, on n'a rien à espérer à ce niveau. Le tueur est venu, a tiré et il est reparti.

Delmas soupira en hochant la tête. Guigui ajouta :

— J'ai discuté avec les collègues qui cherchent de la vidéo-surveillance. Là aussi, c'est maigre.

— Je ferai le point avec Martial à ce sujet… Sinon, les autres vont aller perquisitionner chez Sylvie Robert.

Guigui alluma une Camel, recracha la fumée avec un air provocateur surjoué, puis demanda :

— Tu crois qu'on peut m'inculper pour fumage ?

Le clin d'œil à *Basic Instinct* fit sourire Luc.

— Fais quand même gaffe au détecteur.

Elle se leva pour aller ouvrir la fenêtre. Petite et sèche comme une pierre, elle savourait ses bouffées de nicotine, rictus aux lèvres. Ses cheveux blond-gris plaqués derrière ses oreilles renforçaient l'étroitesse de son visage.

— Au fait, lança-t-elle, à nouveau sérieuse. Je viens de croiser Tomasini. Son groupe dérouille. Un homme a été retrouvé mort dans un jardin public, à Bobigny.

Le commandant Franck Tomasini, figure de la BC du 36, dirigeait l'un des trois groupes supervisés par Martial.

— C'est quoi ?

— Je n'ai pas de détails.

Elle jeta sa clope et reprit place à son poste.

— Allez, je m'y remets, dit-elle.

Delmas traversa l'étage flambant neuf jusqu'au bureau de Martial. Par la porte entrouverte, le chef de section l'aperçut et sourit.

— Bonjour, commandant. Entrez.

Luc voulut lui serrer la main.

— Évitons cela. Gestes barrière.

— Vous avez raison.

Rien ne dépassait dans le vaste espace. Rangement au cordeau. Le commissaire était assis bien droit derrière sa table en verre fumé. Il ressemblait à un patron du CAC 40.

— Je voudrais accompagner vos hommes sur la perquisition, dit-il. C'est pour quelle heure ? Vous viendrez ?

— Départ à 11 heures. Non, je ne viens pas, je m'occupe de la suite ici. Au niveau vidéo, Guigui vient de me dire que les recherches étaient négatives ?

Déçu, le commissaire s'assombrit.

— Les collègues n'ont rien trouvé de plus, expliqua-t-il. Ils ont visionné des dizaines d'heures d'images et vont continuer, mais les autres caméras sont éloignées. Et vu la direction de fuite du tueur, c'est mal embarqué.

À l'heure dite, Foto, Sarah et Steph, accompagnés du commissaire Martial, partirent pour la perquisition après avoir récupéré Sylvie Robert dans les geôles de garde à vue. La prostituée vivait au sein d'une colocation au Blanc-Mesnil, dans le 93. Le commandant s'enfonça dans son siège. Guigui lui avait préparé une copie actualisée de la procédure. Il se concentra.

Après deux heures d'analyse, il n'avait détecté aucun élément susceptible d'orienter l'enquête. Il fallait persévérer. Ratisser, tamiser, recouper. Vers midi, il sortit prendre l'air pour s'acheter à manger. Il se dégourdit les jambes, marcha une vingtaine de minutes, et retourna au Bastion, son sandwich à la main. Il consulta sa boîte mail. Un rapport de la scientifique indiquait qu'aucun résidu de tir n'imprégnait les vêtements, les mains ou les cheveux de Sylvie Robert. Au fond, personne ne croyait à sa culpabilité. Delmas s'apprêtait à manger quand Sarah se présenta à lui. Le groupe revenait justement de chez la Martiniquaise.

— Elles vivent à trois dans un deux-pièces. Les deux autres filles étaient là, des prostituées aussi. Elles s'inquiétaient pour leur copine. Elles n'ont pas travaillé à Sevran la nuit du meurtre et sont tombées des nues quand elles ont su qu'on était de la Crim'.

— Quel genre de filles ?

— Une Nigériane et une Française. Elles se sont connues sur le trottoir et ont pris un logement social au nom de l'une d'elles. Elles disent bosser sans souteneur. On a trouvé de la drogue, toujours les mêmes képas de cocaïne. Une dizaine de grammes. Sylvie maintient qu'elle achète à un dealer et qu'elle revend aux copines de temps en temps. Elle refuse de balancer son fournisseur.

— Qu'en pense Martial ?

— Il a eu le proc. Les Stups du SDPJ sont saisis sur ce volet. Ils vont mettre tout le monde sur écoute, Sylvie comprise. Fin de garde à vue pour elle. On aura une visibilité sur ce qu'ils découvriront. De toute façon, elle n'est sûrement pour rien là-dedans.

Sarah changea d'axe.

— L'hôpital nous a appelés. La mère de Magali pourra être auditionnée aujourd'hui. Foto voudrait s'en occuper.

— Je vais l'accompagner.

14

Sur le périphérique bondé, les voitures se suivaient pare-chocs contre pare-chocs en un lent défilé saccadé. Les deux-roues déboîtaient sans prévenir, se faufilaient, remontaient les files de véhicules en frôlant les carrosseries et les rétroviseurs. Luc s'agaçait de ce chaos motorisé. Il rêvait de verdure, de pistes cyclables, de chemins piétonniers, de transports collectifs non polluants. Au volant, Foto restait impassible, sifflotant sur un air de Rihanna diffusé à la radio.

Le tableau de bord affichait 17 heures. À l'hôpital d'Aubervilliers, le duo n'avait rien obtenu de déterminant auprès de Monique Obadia. Longuement, la mère de Magali avait retracé avec pudeur et tristesse le parcours de sa fille. La drogue. La prostitution. L'isolement. La dépression. Elle disait avoir tout tenté pour la protéger.

Luc songea à ses dernières paroles, en fin d'audition : « Je n'avais plus qu'elle ici. Le reste de notre famille est en Israël. Magali sera enterrée à Tel-Aviv, comme son père et ses grands-parents. Je veux savoir quand vous me la rendrez… »

Elle avait achevé sa tirade en larmes. Cette femme se consumait physiquement à vitesse accélérée : rides plus marquées, cheveux plus secs, teint plus terne. Depuis le temps qu'il exerçait son métier, Luc en était certain : un drame personnel pouvait flanquer un coup de vieux en temps réel.

Il revint sur le point évoqué par la mère :

— C'est une famille juive. Magali ne devait pas pratiquer. On n'a vu aucun signe de religiosité dans son appartement.

— Pas le genre à aller prier à la synagogue… En tout cas, c'est la preuve qu'ils n'ont pas tous quitté le 93. Pas encore…

Foto faisait allusion à la désertion massive de la Seine-Saint-Denis par la communauté juive. Ces dernières années, fuir les violences et l'antisémitisme devenait vital pour des centaines de familles. Elles partaient vivre sous des cieux plus favorables, comme le 17e arrondissement de Paris ou Saint-Mandé dans le 94.

La 308 était à l'arrêt dans les bouchons. Luc sentit son portable vibrer : Franck Tomasini.

— J'ai de quoi t'intéresser, lança le Corse sans préambule. On a un témoin dans mon affaire, celle de l'homme abattu cette nuit à Bobigny. Le tueur est venu à scooter, s'est arrêté face à la victime et lui a tiré dessus trois fois.

— Nom de Dieu…, murmura le commandant.

Il perçut un double bip dans l'écouteur.

— J'ai un autre appel, Luc, je dois te laisser. On en reparle à la brigade. À plus tard.

Une fois revenu dans son bureau, Delmas eut la visite de Steph.

— J'ai établi une liste de clients d'Obadia, annonça le brigadier. Sur la base des SMS, des fadettes, de WhatsApp et Messenger.

— Combien de noms ?

— Une vingtaine seulement. Ses collègues ont confirmé qu'elle privilégiait la prostitution de rue. On va les convoquer.

— D'accord. Autre chose ?

— On a examiné les boîtes mail, les réseaux sociaux, les disques durs, etc. On n'a rien trouvé qui pourrait ressembler à un conflit, des menaces ou des difficultés avec qui que ce soit. Au niveau bancaire, pas d'endettement ni de comptes dans le rouge.

Le commissaire Martial arriva à ce moment-là.

— J'ai eu le parquet. Il va falloir perquisitionner le domicile du voisin d'Obadia, Kevin Pernet. Aujourd'hui.

— À cause du scooter, devina Luc.

Martial eut une mimique affirmative.

— Le fait que Pernet possède un scooter pousse le procureur à accélérer. C'est d'autant plus sensible qu'un scooter est mentionné dans la nouvelle affaire de ce matin.

La stratégie initiale avec ce voisin amoureux était de temporiser. Personne ne misait sur son implication. Malgré tout, depuis la veille, ses lignes étaient sur écoute et des agents de la Brigade de recherche et d'intervention effectuaient des surveillances à son domicile. Delmas fit un rappel :

— La BRI a visité sa cave en douce. C'est un vieux scooter qui ne roule plus. Remisé avec tout un tas de bordel. Au moment du meurtre, le téléphone de Pernet bornait sur l'antenne du quartier. Il n'a rien à voir avec la mort d'Obadia.

— Je sais, soupira Martial. J'aurais préféré également qu'on laisse Pernet de côté pour l'instant.

— Je vois avec les autres et on s'en occupe, intervint Steph avant de quitter la pièce.

— Je vous ai apporté ceci, dit Martial. C'est une ébauche de rapport sur la deuxième affaire de scooter. Prenez-en connaissance et on en parle après avec Tomasini.

Le commissaire prit congé. Luc, calé dans son fauteuil, étendit les jambes sur son bureau pour lire le document :

Le vendredi 15 avril 2022 à 8 h 35, la DTSP 93 avisait téléphoniquement l'état-major de la DRPJ Paris de faits constitutifs d'homicide commis le même jour à Bobigny (93).

Il était rapporté les événements suivants : à 7 h 04, LALANDE Paul Lucien Marie, né le 21 décembre 1960 à Mitry-Mory (77), retraité de la fonction publique, célibataire, domicilié 27B, rue Ribot à Drancy (93), signalait par appel 17 aux services de police des coups de feu tirés sur un homme à Bobigny, près d'un restaurant KFC et de la station de tramway Escadrille-Normandie-Niémen.

En état de choc, LALANDE indiquait avoir passé du temps avec la victime – un homme rencontré pendant la nuit et dont il disait ne pas connaître le nom – avant qu'elle ne soit abattue par le conducteur d'un scooter. LALANDE communiquait un signalement succinct de l'auteur des faits, décrivant un individu de taille moyenne, casqué, vêtu d'un survêtement noir ou bleu marine. Il mentionnait un scooter de couleur sombre. Plusieurs équipages police-secours et BAC convergeaient à hauteur du rond-point de la place de l'Escadrille-Normandie-Niémen.

Sur place, il était constaté la présence du corps inerte d'un homme d'environ cinquante ans, allongé sur le dos, sur le lieu appelé localement « promenade du tunnel de Bobigny ». Il s'agit d'une zone avec bancs, pelouses et jeux pour enfants, connue pour être un lieu nocturne de rencontres homosexuelles.

Les secours constataient le décès de la victime à 7 h 27. Celle-ci était formellement identifiée grâce à son permis de conduire comme étant le nommé HEURTET Jean-Pierre Victor, né 2 juin 1971 à Beauvais (60), sans emploi, célibataire, domicilié 200, avenue Jean-Jaurès à Bobigny.

Les équipages apprenaient auprès de LALANDE qu'il s'était rendu sur la promenade vers 3 heures du matin, au volant de son véhicule Renault Megane immatriculé BN-084-ZM, à la recherche de partenaires sexuels. Après une précédente rencontre vers 4 heures, il avait aperçu HEURTET marchant dans l'obscurité, aux environs de 6 h 30. Il avait effectué des appels de phare – le code utilisé pour « se reconnaître » selon le témoin –, et HEURTET l'avait rejoint dans son véhicule, s'installant sur le siège passager. Les deux hommes avaient discuté avant d'avoir un rapport sexuel.

Le témoin précisait que, pendant l'acte, un homme s'était approché de sa fenêtre pour observer l'intérieur de l'habitacle. Il était resté plusieurs secondes près de la voiture avant de s'éloigner. LALANDE ne s'en était pas étonné, la promenade du tunnel constituant également un lieu d'exhibitionnisme et de voyeurisme.

Vers 7 heures, HEURTET quittait le véhicule et s'éloignait à pied. LALANDE, derrière son volant, apercevait un scooter arriver depuis le rond-point et s'engager sur la promenade. Le pilote – identifié par LALANDE comme étant le « voyeur » aperçu plus tôt – interpellait HEURTET, qui se dirigeait vers lui. Le scootériste braquait une arme de poing dans sa direction et faisait feu deux fois sur la victime, qui s'effondrait sur le dos. Sans descendre de son engin, il se rapprochait et tirait une troisième balle à la tête.

> Paniqué, LALANDE démarrait et effectuait une marche arrière, percutant un banc puis un arbre. Il apercevait le scooter quitter la zone par son point d'arrivée, au niveau du rond-point. Il contactait aussitôt le 17 et communiquait les premiers éléments.

Les trois pages restantes relataient les investigations menées par Tomasini et ses hommes. Auditionné à froid pendant l'après-midi, le nommé Paul Lalande avait réitéré ses déclarations en y apportant quelques précisions. D'abord, il certifiait que l'auteur était un homme, soulignant sa corpulence, sa démarche, sa façon de se mouvoir. Ensuite, il pointait la détermination du tueur quand il avait par trois fois pressé la détente. Pas d'hésitation. Enfin, il indiquait que le casque était noir avec des bandes jaunes sur le dessus et les côtés. Il avait aperçu les motifs quand le type s'était approché de sa portière pour mater l'intérieur de l'habitacle. Le jour se levait et la luminosité naissante lui avait permis de capter ce détail.

Luc se redressa. Le contenu de ce rapport sommaire lui suffisait pour conclure que Magali Obadia et Jean-Pierre Heurtet avaient subi les foudres du même homme. Tout correspondait. Lieux et temporalités rapprochés. Mode opératoire. Signalement. Contextes proches : nuit, anonymat.

Sur le profil de la victime, Delmas notait deux points retrouvés aussi chez Obadia. Le premier : Heurtet fréquentait des lieux de rencontres du 93. Le second : Heurtet n'avait a priori aucun ennemi, et son exécution détonnait complètement.

La sonnerie du fixe interrompit ses réflexions. C'était Martial.

— Delmas, on vous attend dans mon bureau.

15

Ils prirent place autour d'une grande table de réunion, au fond de la pièce. Les traits fermés, le patron commença :

— J'ai rendez-vous avec le chef de la Crim' dans trente minutes. Une réunion de crise est prévue au ministère dans la foulée.

— Il y a une urgence ? demanda Tomasini.

— On a deux meurtres en moins de quarante-huit heures et une minorité a été visée à chaque fois : une travailleuse du sexe et un homosexuel. Le tout dans la poudrière du 93. Le deuxième problème, c'est que cela se produit entre les deux tours de l'élection. Le sommet de l'État veut anticiper et éviter les vagues.

— Rien ne doit perturber ce grand rendez-vous démocratique et républicain, ironisa Tomasini.

Le commandant, un Corse à moustaches de cinquante-six ans, était réputé pour son franc-parler. Sur ce point, il ressemblait à Delmas. Efficace professionnellement, il clamait haut et fort ce qu'il avait à dire et savait contester les instructions, à des années-lumière des cireurs de pompes de la nouvelle génération.

Luc, se tournant vers Martial, prit les devants.

— Commissaire, vous allez nous demander de mettre le paquet ? On a dû vous dire qu'on faisait toujours le maximum.

— Non. Je ne veux pas spécialement que vous « mettiez le paquet », commandant. Je sais que je peux compter sur vous.

Il fit une pause, pour donner plus de poids à la suite :

— Première chose : je veux que vous gardiez en tête que la situation est potentiellement explosive. La presse pourrait s'en saisir, les politiques également. Je spécule, mais les ingrédients sont réunis pour que la mayonnaise prenne. Croyez-moi.

— Sur ce coup, je suis d'accord, dit Tomasini.

Delmas n'en rajouta pas, il validait à cent pour cent. A fortiori avec l'hypothèse qu'il comptait leur soumettre. Depuis cet après-midi, il voyait se dessiner un scénario catastrophe.

Martial poursuivit :

— Deuxième chose : veillez à bétonner tout ce que vous entreprenez. Tout doit être impeccable. Vu la sensibilité, on ne doit pas pouvoir nous reprocher quoi que ce soit.

Le commissaire laissa traîner son regard sur Delmas. L'officier reçut le message cinq sur cinq. Une allusion subtile à sa remontée de bretelles concernant son prétendu « laxisme ».

— C'est compris, lança Luc.

— *Idem,* soupira Tomasini. On est toujours carrés dans ce qu'on fait. N'ayez pas de doutes à ce sujet.

— Accélérons alors. Commandant Tomasini, est-ce que vous avez des éléments nouveaux ?

Le moustachu consulta ses notes.

— Deux ou trois informations. L'enquête de voisinage confirme que Heurtet sortait parfois la nuit. On le décrit comme poli et sympa. Il était au chômage et touchait une allocation. Pas de conflit apparent avec quiconque… Sur la vidéosurveillance du rond-point, on voit le scooter. C'est un T-Max noir dépourvu de plaque. On va remonter les images aussi loin que possible. Le signalement de l'individu reste imprécis. Vêtu de sombre. Casque noir. Corpulence moyenne. C'est tout ce que j'ai à vous donner.

— Bien. Commandant Delmas ?

Luc fit le compte rendu des dernières investigations : l'entrevue avec Monique Obadia, les auditions de prostituées et de clients qui n'aboutissaient à rien, les analyses de supports numériques et d'environnement qui ne mettaient en évidence aucun mobile.

Tomasini rebondit sur ce dernier aspect :

— Dans les deux cas, je ne crois pas à un mobile personnel. Le type ne connaît pas ses victimes. Soit il frappe à l'aveugle, soit il vise des catégories de personnes définies.

Martial regarda Luc.

— Delmas, votre avis ?

Il était temps de lâcher la bombe.

— Je retiens la deuxième option. Heurtet a été ciblé à cause de son orientation sexuelle. Il était au mauvais endroit, au mauvais moment. Pour Obadia, on a peut-être un schéma différent. Elle a pu être choisie en tant que prostituée, pour son côté « dépravé », mais plutôt – c'est mon impression – à cause de sa judéité.

— Développez, demanda le commissaire, intrigué.

— Au départ, on n'a pas vraiment relevé qu'elle était juive, mais le tueur a pu la viser pour cette raison. Et ça, il fallait le savoir, ça ne se devine pas à sa tête. Passons… Il s'en est pris ensuite à un homosexuel. On a donc des meurtres par balles d'une extrême brutalité, resserrés dans le temps, sans mobile apparent, commis par un homme pilotant un scooter. Ça ne vous rappelle rien ?

— Mohammed Merah, répondit Martial en fronçant les sourcils.

— Tout juste.

Luc savait que l'hypothèse terroriste faisait son chemin dans les esprits. Il restait à la verbaliser.

— Pour les islamistes radicaux, reprit l'officier, les Juifs et les homos sont des ennemis à abattre. Rappelez-vous la boîte LGBT attaquée à Orlando aux États-Unis. Pour les Juifs, c'est pire encore. Les exemples sont légion…

Il se tourna vers Martial.

— Vous parliez de l'ampleur médiatique et politique que tout ça pourrait prendre. Si on est bien face à un « copycat », comme certains disent, de Merah, ça va être un feu d'artifice.

Tomasini soupira en écarquillant les yeux.

— Les médias et les politicards, c'est une chose, mais moi je m'en fous. Si cette hypothèse est la bonne, on doit surtout redouter d'autres crimes. C'est ça qu'il faut éviter.

Martial agita la tête en signe d'approbation.

— La piste terroriste est prise en compte au niveau du parquet, bien entendu. C'est l'objet du rendez-vous de tout à l'heure. Je voulais votre sentiment à ce propos. Tomasini ?

— C'est crédible. Mais prudence, attention aux apparences.

Le commissaire se leva.

— Bien. Je vous tiendrai au courant.

16

Aucun bruit parasite. Le temps mis sur pause.

Couché sur son lit, Luc appréciait ce silence propice à ses exercices de relaxation. Cohérence cardiaque. Méditation. Lâcher-prise. Depuis des années, ces exercices rythmaient son quotidien.

À l'approche de la quarantaine, sentant poindre la mélancolie, il avait consulté un psychologue. À ses côtés, Luc avait appris à canaliser ses angoisses. Ils avaient entrepris un travail de fond pour questionner son parcours de policier, identifier les sources de son tempérament solitaire et insoumis.

Son psychologue s'était longuement arrêté sur son absence de vie intime. Il sentait qu'il y avait quelque chose à creuser. En dehors des flirts adolescents, le commandant avait seulement fréquenté trois femmes, incapable de rester en couple plus de quelques mois. Sa dernière histoire, avec une voisine, remontait à 2007. Une femme cultivée, agréable, prête à s'engager. Pourtant, il s'était vite senti oppressé, au point de tout arrêter brutalement, sans raison apparente.

Depuis, plus rien. C'était il y a quinze ans.

Le psychologue avait finalement posé les mots salvateurs :

— Asexuel et aromantique, c'est certainement ce que vous êtes. L'asexualité est l'absence d'attirance et d'attrait pour l'activité sexuelle. L'aromantisme désigne la même chose, mais pour les relations amoureuses. Ce ne sont pas des troubles sexuels, encore moins des maladies ou des troubles psychologiques. Faites fi des étiquettes, Luc, tout va bien.

— Je ne voudrais pas avoir l'air de m'inquiéter, mais… comment vous expliquez ça ? Qu'est-ce que je dois faire ?

— Mais rien ! Votre personnalité est ainsi faite. Certains de mes confrères proposent des outils pour se réhabituer au sexe et aux contacts physiques : « réapprivoiser le charnel », comme ils disent. Mais j'y suis défavorable et je ne le ferai jamais. Cela rappelle trop les thérapies de conversion… Ces approches sont d'un autre âge.

Luc avait suivi son conseil. Il ne se voyait pas réécrire l'histoire de sa vie. Grâce à la psychothérapie, il se sentait mieux et savait contenir la déprime et les montées d'angoisse. Aussi, il appréciait son existence entre son métier, la course à pied, la musculation, le jazz, les films policiers…

Le sexe et l'amour ne figuraient simplement pas dans la liste. Et cela lui allait très bien.

Vers 21 heures, il reçut un SMS de Steph :

RAS chez Pernet, perquise négative.

Prévisible. Il relaya l'information à Martial puis se prépara un plateau-repas et se cala devant la télé. Il fit une revue de presse. On frôlait l'overdose, avec un thème omniprésent : l'élection présidentielle et le duel final qui approchait.

Mais ce sujet lui passait au-dessus des neurones. Luc ne songeait qu'à son enquête. Il ne devait plus considérer un meurtre mais deux, avec le spectre de Merah en arrière-plan.

Ne s'était-il pas trop avancé en évoquant un copycat ? Il n'avait même jamais utilisé cet anglicisme au travail. Jusque-là, ce terme n'évoquait pour lui que le titre ronflant d'un thriller américain des années 1990. Il voulut se rafraîchir la mémoire. Téléphone en main, il lança une recherche sur Wikipédia.

> Mohammed Merah (en arabe : محمد مراح) est un terroriste islamiste franco-algérien, né le 10 octobre 1988 à Toulouse et mort dans la même ville le 22 mars 2012 à la suite d'un assaut du Raid[23]. Il est l'auteur des tueries de mars 2012 à Toulouse et Montauban.
>
> En trois expéditions, il assassine sept personnes dont trois enfants juifs et fait six blessés. Ses déplacements à bord d'un scooter volé lui valent le surnom de « tueur au scooter ». Il est finalement abattu au terme d'une tentative d'interpellation qui a duré trente-deux heures. Ces événements ont fait l'objet d'une couverture médiatique exceptionnelle et controversée pendant la campagne pour l'élection présidentielle française de 2012.

Luc redécouvrait le dossier. Il se souvenait que l'affaire remontait à 2012, mais il avait oublié qu'elle avait créé la polémique par sa médiatisation lors de la campagne présidentielle. Il poursuivit sa recherche. *Ouest-France* titrait, le 24 mars 2012 :

> MORT DE MERAH. LES MÉDIAS ONT-ILS ÉTÉ INSTRUMENTALISÉS ?
>
> Les trente-deux heures de siège de l'appartement du tueur au scooter Mohammed Merah ont été suivies en direct par des millions de téléspectateurs et d'internautes. Chaînes d'info, sites Internet et JT ont boosté leurs audiences. Selon Kantar Media, entre lundi et

mercredi, le drame a affiché un impact médiatique comparable à celui de la catastrophe de Fukushima ou de l'affaire DSK.

Luc imaginait l'ouragan médiatique si l'affaire Obadia/Heurtet se révélait de la même ampleur. Fortes de leur succès, les chaînes d'information étaient devenues des outils de communication incontournables, mais aussi des leviers de racolage publicitaire. Le traitement à l'emporte-pièce de la crise sanitaire l'illustrait. Il s'arrêta sur un billet de *Slate* du 21 juin 2012 :

PRISE D'OTAGE À TOULOUSE :
MERAH FAIT-IL DES ÉMULES ?

L'homme qui a pris quatre personnes en otage à Toulouse mercredi s'est réclamé d'al-Qaida et a demandé la présence du Raid. A-t-on constaté une floraison d'actes inspirés de ceux de Mohammed Merah depuis la fin mars ?

Le papier concluait par la négative. Les cas d'apologie du terrorisme ou de menaces d'attentat concernaient la plupart du temps des individus perturbés, en souffrance psychiatrique ou addictologique.

Jonglant d'un article à l'autre, Luc allait s'assoupir quand il reçut un coup de fil de Martial.

— Delmas, la réunion vient de s'achever. Voici le topo. Pour l'instant, le parquet anti-terroriste n'est pas saisi. De notre côté, deux groupes de la SAT[24] vont vous appuyer, Tomasini et vous. Communiquez entre vous au maximum. La DGSI[25] et la SDAT[26] sont mises dans la boucle en observateurs.

Luc se projetait dans l'hypothèse d'un Merah bis avec de potentielles nouvelles attaques.

— La sécurité va être renforcée dans certains lieux ?

— C’est en discussion puisque la dimension terroriste reste à établir, mais on s’y dirige. Les écoles et les lieux de culte israélites, les emprises militaires et les églises pourraient bénéficier de mesures de sécurisation renforcées. Les effectifs de l’opération *Sentinelle* y contribueront. Selon la suite, on adaptera le dispositif. Les autorités n’ont pas encore de certitude, il faut trouver le bon équilibre. Pour finir, je vous demande une discrétion absolue sur les événements en cours. Cela va de soi, mais je préfère le rappeler.

— Sans vouloir vous offenser, les fuites viennent souvent d’un peu plus haut que moi dans la pyramide policière.

Martial ne releva pas et conclut :

— Pour l’heure, on n’a pas de journalistes dans les pattes. Aucun article n’est sorti sur l’une ou l’autre affaire. Profitons-en tant que ça dure et faisons en sorte que ça continue.

— Certes. Mais ne rêvez pas trop.

Le téléphone de Luc vibra. Un SMS de Serge Volokine. Tandis que Martial poursuivait son monologue sentencieux sur les fuites, il lut le message du capitaine :

> Hello, Luc. Je viens d’être mis au courant à propos du beau bazar qui s’annonce avec vos deux affaires. Si tu bosses demain matin, passe au bureau ou rappelle-moi. J’ai une affaire non résolue dans les cartons depuis le mois dernier. Un type à scooter. Bonne soirée.

17

Hôtel de police de Bobigny (93). 9 heures.

Luc se gara aux abords du bâtiment, long mastodonte gris aux fenêtres en série. Un bloc moderne, voisin direct d'un autre assemblage de verre et de béton, le tribunal et son esthétique baroque. Les deux structures chatoyaient sous le soleil.

Au rez-de-chaussée s'étirait le commissariat, en charge du tout-venant. Au premier, il y avait la sûreté départementale, qui gérait les dossiers de moyenne envergure. Enfin, au dernier étage, le SDPJ 93, maître d'œuvre des plus grosses enquêtes.

En quittant son véhicule, Luc apprécia la douceur matinale. Il rejoignit l'aile sud du second niveau. Les locaux étaient déserts. Par une porte ouverte, il aperçut Serge Volokine. Le capitaine pianotait sur son clavier, concentré, cigarette aux lèvres. Il releva les yeux.

— Salut, lança-t-il en souriant.

Les deux hommes se serrèrent la main, puis Volokine se munit d'un dossier. Ils s'installèrent dans des fauteuils avachis, séparés par une table basse, avant d'en venir au sujet : l'homme au scooter. Luc s'était contenté du SMS, la veille. Il lui fallait maintenant un exposé circonstancié, de vive voix.

— J'ignore ce que ça vaut, commença Volokine, mais j'ai tilté quand un collègue m'a parlé d'un tueur à scooter. Tu connais le lotissement des Cerisiers ?

— Ça ne me dit rien.

— C'est une enclave de soixante pavillons à Rosny-sous-Bois. La municipalité y a installé des gens du voyage. Depuis longtemps, la zone était déjà occupée par des caravanes. Des Manouches sédentarisés y vivaient à l'année… Les Weiss habitent dans ce lotissement depuis sept ans. Le père, Frédéric, dit Freddy, avait quarante-six ans. C'est lui qui s'est fait descendre le mois dernier. Tu dois t'en souvenir, non ?

— Vaguement, oui.

Les règlements de comptes en petite couronne, fréquents, ne finissaient généralement pas à la Crim' du 36. Sauf teneur particulière – absence d'éléments, sensibilité du cas, complexité, retentissement médiatique –, le procureur saisissait le SDPJ compétent, meilleur connaisseur du contexte local.

— Il logeait au numéro 25 avec sa femme, Betty, quarante ans, et leurs six enfants âgés de six à dix-sept ans. Les gamins sont scolarisés. Betty travaille comme agent d'entretien. Freddy était plâtrier-peintre, même si on sait qu'il magouillait un peu à côté.

— Quel genre de magouilles ?

— Vols de voitures, trafic de pièces… Rien de fou. Le 30 mars, il s'est fait tuer devant chez lui. Sa femme n'était pas là, les gosses non plus. Quatre balles. Deux dans le thorax, une dans le cou, une en plein visage. Du 9 mm. Un voisin l'a découvert devant chez lui à 10 h 20.

Volokine tendit des clichés à Luc. On y voyait un homme au crâne rasé, maigre, vêtu d'un caleçon blanc, recroquevillé sur le sol. Le corps criblé reposait dans une mélasse rouge et brillante qui avait coulé jusqu'à la route.

— On a interrogé tous les résidents présents. Une vingtaine de personnes. On n'a qu'un témoignage intéressant, une fille qui habite à l'entrée des Cerisiers. Elle a aperçu un scooter qui descendait l'allée en direction du fond du lotissement, où vivent les Weiss. Elle était dehors en train de téléphoner. Elle est certaine de l'avoir vu repasser en sens inverse juste après. Elle s'est même dit que le type s'amusait à faire le tour du pâté de maisons.

— Elle a pu décrire le conducteur ou le scooter ?

— Non. Elle n'était pas concentrée là-dessus.

— Les autres témoignages n'ont rien donné ?

— Que dalle. Certains pensent avoir entendu quelque chose, mais ils mettent ça sur le compte de l'animation habituelle. Avec la mécanique sauvage, les démarrages de moteurs, les pétarades de deux-roues, le coin n'est pas le plus tranquille qui soit…

Volokine feuilleta le dossier.

— Selon Betty, Freddy avait fini la nuit dans sa caravane au fond du jardin. Il y allait quand il avait du mal à dormir. La porte d'entrée était encore verrouillée, sa femme l'avait fermée avant de partir travailler. Weiss était à moitié à poil et avait son jeu de clés, on l'a découvert près du corps. Il a pu se faire surprendre au saut du lit alors qu'il allait regagner l'intérieur. Il a envoyé un texto à 10 h 07 à un destinataire inconnu, pour dire qu'il serait en retard. On l'a donc tué entre 10 h 07 et 10 h 20.

Delmas réfléchit.

— Si la témoin ne se plante pas et que ce type est le tueur, il aurait donc fait un aller-retour quasi instantané jusqu'à chez

Weiss et l'aurait buté précisément au moment où il émergeait de sa caravane. Un sacré coup de veine niveau timing…

— Oui… Il a pu venir avec l'idée de planquer et de le fumer quand il serait à sa portée. Mais il serait alors tombé pile poil sur lui et n'aurait pas eu besoin de rester plus de deux minutes sur place… Possible, mais je n'y crois pas plus que toi.

— Vous avez des pistes ?

— Weiss avait des maîtresses, pour certaines mariées. On a cherché des maris jaloux, sans résultat. On a travaillé sur la possibilité que sa femme ait commandité le meurtre. Elle se savait trompée. La meilleure piste reste celle du règlement de comptes. Il avait des liens avec le milieu corse. La téléphonie n'a rien donné, et les tontons[27] n'ont pas d'échos. Les proches sont sur écoute. Rien dans son environnement. Balistique négative.

Le grand blond à l'allure nordique continua à tourner les pages puis posa un cliché sur la table basse.

— Je t'ai gardé le meilleur pour la fin. On a des photos du scooter et de son pilote. Jette un coup d'œil à ça.

Volokine désigna le tirage. On y voyait une intersection et, au milieu, un scooter noir monté par un homme portant ce qui ressemblait à un survêtement bleu foncé.

— C'est le croisement de la rue des Cerisiers et de la rue de Lisbonne, à deux cents mètres du lotissement. On est obligé de passer là pour y accéder. Les images proviennent d'une caméra du PC sécurité situé à l'entrée du centre commercial.

Luc observa la silhouette. Son cœur s'accéléra.

— Ça ressemble au salopard qu'on cherche.

— Et regarde la suite.

Le capitaine tira de la chemise une autre photo.

— On le voit en plus gros sur celle-ci. C'est le trajet retour, donc il passe plus près de la caméra pour emprunter la file de droite. J'ai lu le télégramme sur Jean-Pierre Heurtet, avec l'information sur le motif visible au niveau du casque.

Delmas regarda de plus près. Sur un côté du casque, on distinguait deux lignes jaunes formant une sorte d'éclair.

— Nom de Dieu… C'est lui.

— La première photo est horodatée à 10 h 06, la seconde à 10 h 09. Ça correspond aux déclarations de la fille. Le tueur est entré dans le lotissement, a fait son tour, a tiré immédiatement sur Freddy Weiss, et il est reparti.

Volokine alluma une nouvelle cigarette en se redressant. Son buste musclé formait des vagues sous son T-shirt.

— Bon, plaisanta-t-il, j'espère que le parquet va nous soulager de ce dossier et vous saisir très prochainement…

Luc sourit à son tour.

— Tu en as touché un mot à Sauvaget ?

L'homme était le patron du SDPJ 93.

— Pour la correspondance au niveau du casque ? Non. Il arrive à 10 heures, je vais lui en parler.

— Je vais aviser aussi ma hiérarchie.

Serge acquiesça, puis eut un air perplexe.

— Pourquoi venir flinguer aux Cerisiers ?

Question pertinente. Dans l'hypothèse d'un meurtrier islamiste inspiré par Merah, le choix d'un Manouche sédentarisé interrogeait. Frapper les communautés gay et juive s'entendait. Les gens du voyage, moins. Delmas échafauda des pistes.

— Ton affaire remonte au 30 mars, les nôtres aux 13 et 15 avril. Le tueur a attaqué ici avant. Ça peut être un essai, une mise à l'épreuve de son mode opératoire. Dans un coin qu'il juge sûr, où il y a peu de police. Il a aussi pu viser un groupe qu'il n'aime pas. Les communautés ne sont pas toujours tendres les unes avec les autres…

— Il a tiré au hasard en tout cas. Il voulait se faire quelqu'un d'ici, et c'est tombé sur Freddy Weiss.

— C'est ce que je pense aussi. Bon… Je peux récupérer une copie de ta procédure ? Je file au Bastion retrouver les autres.

— Vous allez passer le week-end au boulot…

— En grande partie, mais on avance bien. C'est Tomasini qui est dans le jus avec l'affaire Heurtet. Ce soir, je fais une courte relâche. Je vais au match, dit Luc.

Serge n'y connaissait rien en foot. Son truc, c'était le combat. Le MMA.

— C'est Paris contre qui ? demanda-t-il malgré tout, poliment.

Delmas sourit.

— Je m'en fous du PSG, je suis pour Lille. On va dans le Nord avec Steph, un gars du groupe. Un Ch'ti comme moi. C'est le derby Lille-Lens, immanquable. Allez le LOSC !

18

Luc et Steph partirent à 18 heures, direction le stade Pierre-Mauroy, à Villeneuve-d'Ascq, près de Lille. En théorie, deux heures de route. Un peu moins dans la réalité, vu la propension du commandant à dépasser les cent soixante-dix kilomètres/heure sans trop de scrupules. Ils roulaient sur l'A1 à bord d'une Focus de la brigade empruntée par Delmas.

— T'as bien les billets ? demanda Luc à son collègue.

— Tu me prends pour une buse ? Bien sûr que je les ai.

— Un oubli peut arriver.

— Jamais de la vie. Pas pour ça.

Luc et Steph allaient régulièrement au match ensemble. Ils assistaient au minimum à PSG-Lille et aux deux derbys du Nord, Lille-Lens et Lens-Lille. L'occasion de faire un crochet par leur terre d'origine. Lors de son premier jour au Bastion, Steph avait accroché un drapeau du Lille Olympique Sporting Club sur un mur de son bureau. Delmas s'était réjoui en découvrant qu'il accueillait un compatriote et fan de ballon rond.

Fils de médecin, Steph avait grandi dans la banlieue chic de Marcq-en-Barœul. Il devait ses yeux en amande à sa mère, une Japonaise. À l'époque de la faculté de droit, il s'était inscrit à tous les concours administratifs orientés justice et sécurité :

douanes, magistrature, pénitentiaire, police… L'obtention de celui de gardien de la paix lui avait ouvert les portes de la maison.

Ils se garèrent et marchèrent vers le stade. Les deux flics portaient chacun autour du cou une écharpe à l'effigie de leur club. Celle de Luc était une relique des années 1990. Sur un fond rouge délavé, quatre lettres blanches se détachaient : LOSC. Basique. L'outil du supporter. Plus récente, criarde, celle de Steph indiquait : « ALLEZ LES DOGUES ».

Le jour déclinait. Au loin, l'enceinte sportive ressemblait à un gigantesque puits de lumière. Un volcan en éruption. Les chants du public parvenaient jusqu'à eux. Les vendeurs ambulants se comptaient par dizaines, les fans par milliers. Ils percevaient les effluves de bière, de vin, de hot-dogs. Ils s'arrêtèrent à un stand et achetèrent des sandwichs. Ils mangèrent sur place, mêlés aux afficionados grimés aux couleurs locales. Rouge et blanc. Partout. Bonnets. Maillots. Maquillage. Drapeaux. Autour d'eux, on buvait, on plaisantait, on dissertait foot.

Ils gagnèrent leur place peu avant le coup d'envoi. Ils étaient positionnés haut en tribune latérale. Une cage à droite, une cage à gauche. En contrebas, Luc pouvait voir les DVE – Dogues Virage Est –, supporters du LOSC. Pendant deux années, à l'adolescence, il avait rejoint ce groupe ultra. Il ne ratait aucun match. Il se souvenait de déplacements mémorables en bus, largement arrosés et enfumés, aux quatre coins de France. Cette période avait constitué une forme de dépucelage. Une sortie franche du carcan nordiste.

Chauds comme des baraques à frites, les DVE donnaient de la voix. Les capos[28], mégaphone en main, haranguaient la foule et lançaient les chants. On s'entendait à peine parler. Le stade vibrait. À l'entrée des joueurs, ils exécutèrent une merveille de tifo[29] à base de feuilles de papier bicolores et de confettis.

— Ça a de la gueule ! cria Steph.

L'arbitre siffla le début de la rencontre.

— Pronostic ?

La question rituelle de Steph.

— 3-1 pour nous, dit Luc.

— J'annonce 2-0.

Ils respectaient une règle : au match, ils ne parlaient pas boulot et débranchaient leur cerveau. Un stade de football se prêtait bien à l'exercice, à entendre les âneries et insultes descendant des travées. Une plongée primitive vers les bas instincts.

Le kop adverse se souleva à deux reprises, puis Lille réduisit le score. 2-1 pour Lens à la mi-temps.

— Nos pronostics sont grillés, dit Delmas.

Steph pianotait sur son téléphone. Luc aperçut qu'il échangeait des messages avec Sarah.

— Ça roule avec ta chérie ?

Le brigadier rangea son Samsung.

— Du tonnerre. Sarah regarde les apparts à louer sur Internet. On va essayer de déménager.

— Pourquoi ?

— On veut plus grand. Paris, c'est au-dessus de nos moyens. En petite couronne, c'est jouable.

— À moins d'avoir des gamins, votre appart suffit pour deux, non ? Il est propre, en plus.

Steph étira un sourire.

— Ben justement. À ce propos, Sarah et moi, on aura prochainement une annonce à faire…

— Non !?

Steph rayonnait.

— Elle est enceinte de deux mois.

Delmas enlaça avec vigueur son collègue par les épaules.

— Félicitations, mon pote !

— Merci ! Tu as la primeur de l'info. Ne dis rien aux autres, on va organiser un truc bientôt pour officialiser.

Dans le stade, Luc aurait eu envie de partager la nouvelle avec les cinquante mille spectateurs. Il était heureux. Il pensait à Sarah. Avant Steph, elle avait connu des ruptures douloureuses. Déboussolée, elle s'était vautrée dans la fête et les relations d'un soir. Leur rencontre lui avait fait un bien fou.

— Compte sur moi. Je serai muet.

Steph rit avec nervosité.

— Je vais être papa. T'imagines ?

La question, naïve, renvoya pourtant Luc à sa condition d'ermite. Non, il n'imaginait pas.

— Ça doit être quelque chose, c'est sûr.

— Un bouleversement… C'est sans doute un peu con, mais à toi je peux le dire : j'aimerais un garçon.

Le match reprit. Les vingt-deux joueurs recommencèrent à galoper dans la clameur générale. Luc haussa la voix :

— On doit fêter la nouvelle ce soir, on est chez nous. Je te paie un verre dans le Vieux-Lille après.

— OK, mais vite fait. Sarah et le bébé m'attendent !

Les deux hommes rirent.

Le match finit sur une défaite pour la capitale du Nord. C'était sans importance. Ils partirent un peu avant la fin, au risque de rater un but, pour éviter la marée humaine et les embouteillages.

Ils roulèrent vingt minutes et se garèrent près de la cathédrale Notre-Dame-de-la-Treille et son style néogothique.

— On va où ? demanda Steph.

— Les Frères Pinard, tu connais ?

Ils arpentèrent les rues pavées au milieu d'une ambiance animée. La nuit lilloise commençait. Au détour d'une ruelle, ils s'installèrent sur la terrasse des Frères Pinard. Ce bar-épicerie proposait des spécialités de la France entière. Il suffisait de choisir son vin et de composer une planche selon ses envies.

Luc, converti au végétarisme, ne se sentait plus à sa place dans ce genre d'endroit, mais le concept plairait à son ami. Ils trinquèrent, avec du champagne, et Steph apprécia son menu, saucisson au maroilles et terrine du Nord à l'échalote. Vers minuit, Luc régla l'addition et ils partirent. Les bars-restaurants débordaient. Tandis qu'ils traversaient la foule de noctambules, Luc sentit son portable vibrer. Franck Tomasini.

— Luc, je te dérange ?

— Non, c'est bon. Du nouveau ?

— On peut dire ça, oui. Désolé pour l'appel tardif. On a les résultats de la Balistique. Les projectiles qui ont tué Jean-Pierre Heurtet ont matché. La même arme a servi sur un autre meurtre qui remonte au 8 mars 2022. La victime s'appelle Osman Chakiri, seize ans. Un gamin abattu sur un point de deal à Aulnay. Affaire traitée par le SDPJ 93. Non résolue pour l'instant.

— Il y a un scooter dans l'histoire ?

— Non, pas cette fois.

19

Luc émergea vers 7 heures. Au terme d'une mauvaise nuit, hachée. Il avala deux gorgées d'eau, consulta son téléphone. Pas de message vocal ni de SMS. Il fit son habituelle revue de presse. Entre la météo, les sports et l'actualité présidentielle, un titre du *Parisien*, section « Faits divers », acheva de le réveiller : « SÉRIE DE MEURTRES EN SEINE-SAINT-DENIS ». Le chapeau de l'article mentionnait l'homme tué par balles à Bobigny, en précisant que la police s'intéressait à deux homicides similaires.

— Ça commence, soupira-t-il à voix haute.

Il lut le papier, assez court. Obadia. Heurtet. Weiss. Chaque affaire donnait lieu à un récit succinct. Le scooter n'était évoqué que pour les deux crimes les plus récents, Obadia et Heurtet. Le journaliste désignait les victimes par leurs initiales.

Luc contacta Martial, qui répondit aussitôt.

— Vous appelez pour l'article du *Parisien* ? déclara-t-il sans préambule.

La lassitude perçait à travers sa voix.

— Tout juste, dit Luc.

— Cela devait arriver. Je donnerais cher pour connaître le nom du misérable qui les renseigne.

— Il n'y a pas d'allusion à l'hypothèse terroriste ou à Merah. Et assez peu de détails, tempéra le commandant.

— C'est déjà trop. Les articles vont se multiplier.
— Que voulez-vous…
— C'est désolant. À plus tard, Delmas.

En arrivant au service, Luc consulta sa boîte mail. Il balaya la liste et s'arrêta sur un message syndical. Le tract indiquait : « Pour la légitime défense des policiers et pour la présomption de légitime défense : appel au rassemblement lundi 2 mai, fontaine Saint-Michel, face au tribunal de Paris. Tous les policiers franciliens sont invités à se retrouver sur place ! » Le syndicat dénonçait la mise en examen pour « homicide volontaire » d'un collègue qui avait abattu deux hommes : à bord d'une BMW, le duo avait tenté de lui foncer dessus lors d'un contrôle routier. Il avait tiré.

Luc ne participait pas systématiquement aux rassemblements revendicatifs, mais nul doute que Guigui et Sarah, qui n'en rataient aucun, gonfleraient les rangs de celui-ci. Femmes de caractère, elles étaient toujours prêtes à défendre leurs intérêts professionnels.

Luc revint à l'actualité judiciaire et ouvrit un mail de Tomasini, envoyé à 1 heure du matin :

Luc, en PJ le rapport du SDPJ 93 sur Chakiri. À demain.

La quatrième affaire potentielle. Sauf qu'il n'y avait pas de pièce jointe. L'oubli classique. Il tenta d'appeler son collègue. Portable et poste fixe. Sonneries dans le vide. Tomasini n'arriverait sûrement qu'à 9 heures. Luc regarda sa montre. Il était tôt, mais tant pis. Le meurtre était traité par le SDPJ 93. Il passa un coup de fil à Volokine.

— Delmas ? T'es matinal.

— Désolé, Serge. Je te réveille ?

— Presque.

— Dis-moi, l'affaire Osman Chakiri, c'est toi ?

— Non. Mais je connais. On a filé un coup de main au groupe qui s'en occupe. Pourquoi ?

— Tu es au courant pour le rapprochement d'hier soir ?

Il entendit Volokine bâiller.

— Pas du tout.

— L'arme utilisée dans l'affaire de Bobigny est la même que pour Chakiri.

— Dis donc, tu les accumules… L'enquête sur Chakiri était un peu à l'arrêt. Ça va la relancer.

— Tu peux me résumer l'histoire ?

— Le gamin s'est fait flinguer le 8 mars, de mémoire. À Aulnay-sous-Bois. C'était rue Edgar-Degas, à la cité des 3 000. Il vivait lui-même dans cette rue.

— Un point commun avec Obadia, dit Luc. Elle s'est fait tuer à Sevran, mais elle vivait aux 3 000.

— À quelle adresse ?

— 11, rue Alessandro-Botticelli.

— Je vois. Ça doit être à cinq cents mètres du point de deal où est mort Chakiri… Ça fait un lien de plus.

Volokine bâilla plus fort et reprit :

— Le gardien, un certain Luis Gimenez, a signalé une fusillade devant son immeuble. À l'arrivée du Samu, Chakiri était décédé. Fumé sur son siège par une balle de 9 mm. Elle lui a arraché un morceau de crâne et a fini dans le mur derrière lui.

— À quelle heure ?

— 9 h 30.

— Vous avez des témoins ?

— Gimenez. Sa loge est au rez-de-chaussée, et sa porte d'entrée dans l'axe de celle de l'immeuble. Il est sorti et a vu la silhouette du tireur qui filait à pied. Il a attendu un peu pour éviter de se faire canarder et y est retourné. Il a vu le corps et a appelé le 17.

— Il donne quel signalement ?

— Un homme aux vêtements noirs, avec un casque ou une cagoule. Il l'a vu très peu de temps. Pour le reste, les habitants de l'immeuble n'ont pas été bavards. Juste un vieux qui a entendu la détonation, des éclats de voix et des pas précipités dans l'escalier. Sûrement les complices de Chakiri qui foutaient le camp.

— Il était dealer, c'est ça ?

— Il servait de portier au bas de la tour. Il contrôlait les clients et les laissait entrer. Les transactions se font dans les étages avec un filtre à la porte. On a identifié ses deux acolytes. Ils étaient en haut quand ça a tiré. Ils sont descendus en vitesse et se sont barrés.

— En le laissant là comme une merde…

— Aucune pitié ni remords en audition. Ils disent que c'est lié à une guerre pour le contrôle du four, sans donner de noms. On sait qu'il est tenu par les frères Diawara, des caïds des 3 000. L'un des frangins s'est fait descendre il y a six mois sur fond de rivalités. Un réseau concurrent essaie de récupérer les points de deal.

— Vous savez qui ?

— Hakim Benkrama.

— Jamais entendu parler.

— Une valeur montante du 9-3. On le soupçonne pour Diawara. Pour Chakiri, ça pourrait être lui. Rafaler dans le tas histoire de faire passer un message, on connaît…

— Vous êtes à son cul ?

— Non. Il s'est mis au vert à l'étranger.

— Tomasini dit qu'on n'a pas signalé de scooter.

— Exact. On a des témoignages de riverains qui ont entendu le coup de feu. Quelques-uns ont vu du mouvement près du porche. Mais pas de scooter signalé après le tir. Globalement, ça reste flou et ça parle peu.

Luc réfléchit à voix haute :

— Une guerre des gangs liée aux stups… ?

— On dirait… C'est différent de tes autres affaires, mais l'arme a pu changer de mains entre-temps. Chakiri s'est fait tuer début mars, c'est tôt par rapport aux autres meurtres. Il faut que tu récupères la procédure, tu auras tous les éléments.

— C'est prévu, j'attends Tomasini.

Delmas remercia le capitaine avant de raccrocher. Puis, se munissant d'un feutre, il s'approcha du tableau blanc pour y récapituler les éléments connus concernant tous ces crimes.

Meurtre 1
Date : mardi 8 mars 2022 – 9 h 30
Lieu : 29, rue Edgar-Degas, Aulnay-sous-Bois (93)
Victime : CHAKIRI Osman, 16 ans, dealer
Domicile victime : rue Edgar-Degas, Aulnay
Mode op. : 1 balle dans la tête
Arme : calibre 9 mm
Scooter : non
Signalement : X-homme, taille moyenne, silhouette noire, casque ou cagoule
Mobile(s) possible(s) : stups ? guerre de territoires ?
Témoin(s) : gardien d'immeuble + quelques riverains

Meurtre 2
Date : mercredi 30 mars 2022 – 10 h 00
Lieu : 25, rue des Cerisiers, Rosny-sous-Bois (93)
Victime : WEISS Freddy, 46 ans, plâtrier (trafiquant)
Domicile victime : 25, rue des Cerisiers, Rosny-sous-Bois
Mode op. : 4 balles (2 thorax, 1 cou, 1 visage)
Arme : calibre 9 mm
Scooter : oui
Signalement : sur vidéo, X-homme, survêtement bleu foncé, corpulence moyenne, casque noir avec bandes jaunes
Mobile(s) possible(s) : règlement de comptes ? Coup d'essai d'un tireur isolé ?
Témoin(s) : une voisine à l'entrée du lotissement

Meurtre 3
Date : mercredi 13 avril 2022 – 23 h 20
Lieu : rue d'Estienne-d'Orves, Sevran (93)
Victime : OBADIA Magali, 36 ans, prostituée
Domicile victime : 11, rue Alessandro-Botticelli, Aulnay-sous-Bois (93)
Mode op. : 3 balles (2 thorax, 1 tête)
Arme : calibre 9 mm
Scooter : oui
Signalement : silhouette sombre, casquée, taille moyenne
Mobile(s) possible(s) : antisémitisme ? Drogue ?
Témoin(s) : collègue prostituée

Meurtre 4
Date : vendredi 15 avril 2022 – 07 h 00

Lieu : promenade du tunnel, Bobigny (93)
Victime : HEURTET Jean-Pierre, 50 ans, sans emploi
Domicile victime : 200, rue Jean-Jaurès, Bobigny (93)
Mode op. : 3 balles (2 thorax, 1 tête)
Arme : calibre 9 mm
Scooter : oui
Signalement : X-homme, casque noir avec bandes jaunes
Mobile(s) possible(s) : homophobie ?
Témoin(s) : amant dans le véhicule

De sa fine écriture, Luc lista les liens établis :

– *meurtres 1, 2, 3, 4 en Seine-Saint-Denis (93)*
– *calibre 9 mm pour 1, 2, 3, 4*
– *signalement auteur similaire pour 1, 2, 3, 4*
– *scooter pour les meurtres 2, 3 et 4*
– *même arme pour 1 et 4*
– *3 balles (2 thorax, 1 tête) pour 3 et 4*
– *casque noir avec bandes jaunes pour 2 et 4*

Les crimes présentaient d'évidentes similitudes. Aux yeux de Luc, il était exclu qu'on puisse avoir affaire à plusieurs tueurs.

20

Delmas rebouchа son feutre et prit du recul pour contempler le tableau noirci d'informations. Se laissant tomber dans son fauteuil, il saisit un bloc de papier. Stylo plume en main, il rédigea une nouvelle liste :

– commis de nuit ou le matin, créneau 23 heures-10 heures
– meurtres de plus en plus rapprochés :
  • de Chakiri à Weiss : 22 jours
  • de Weiss à Obadia : 14 jours
  • d'Obadia à Heurtet : 2 jours
– autres meurtres non encore recensés ?
– domiciles de la victime 1 (Chakiri) et de la victime 3 (Obadia) situés dans le même quartier, cité des 3 000 à Aulnay
– Bobigny, Aulnay, Sevran, Rosny : communes du 93 proches ou limitrophes, connues pour leurs quartiers difficiles
– série pouvant rappeler Mohammed Merah : scooter/tirs à bout portant, mais seules les victimes des 3 et 4 ont des profils correspondants (gay/juive). Mauvaise piste ? Coups d'essai non ciblés pour les meurtres 1 et 2 ?
– Toujours du 9 mm, 3 armes pour 4 meurtres

Delmas cogita sur la dernière ligne. Les munitions et armes utilisées pouvaient permettre d'esquisser un profil, un univers. La kalachnikov évoquait le banditisme de cité ; le fusil de chasse portait la signature des Corses ou des Manouches. Là, on avait du 9 mm. Des armes de poing puissantes et précises, le calibre préféré de la pègre. Merah, lui, s'était servi, entre autres, d'un pistolet de calibre 11,43, typique des règlements de comptes des années 1970 et 1980. Presque de vieilles pétoires, qui trahissaient des connexions médiocres avec les réseaux fournisseurs. Dans les affaires en cours, le tueur avait accès à du matériel performant, moderne, nécessitant des contacts avancés.

Luc perçut de l'agitation dans le couloir. Il était 9 heures. Ses collègues arrivaient. Il arracha la page du bloc de papier et la glissa dans une pochette cartonnée. Pour chaque enquête, il consignait par écrit ses ressentis et ses observations.

La procédurière apparut dans l'encadrure de la porte.

— Salut, Guigui.

— Hello, chef.

Puis ce furent Steph et Sarah qui se présentèrent.

— Félicitations, lança Luc en faisant un clin d'œil à la rouquine.

Elle eut un petit rire.

— Merci, Luc. C'était bien le match hier ?

— Parfait. On en a profité pour arroser la nouvelle.

Il posa son index en travers de ses lèvres.

— Mais je me tais, promis, dit-il.

Foto arriva le dernier, l'air crevé.

— T'as pas dormi ? demanda Luc.

— Pas assez. Je me suis fait une session photo nocturne. Ça a duré plus longtemps que prévu.

— Où ?

— Au réservoir Montsouris.

— C'est quoi ? Je connais le parc Montsouris…

— C'est à côté. À la base, c'est un réservoir qui alimente en eau douce le sud de Paris. Mais, à l'intérieur… tu te retrouves dans une cathédrale souterraine. Des arches. Des colonnes. Des voûtes. Et surtout une eau cristalline, bleu lagon, partout… C'est magique, aquatique. J'ai mitraillé à mort.

— Tu es allé là-bas de nuit ?

Guigui, de retour, avait pris la conversation à la volée.

— Devine pourquoi il a pu y aller de nuit, lança-t-elle, amusée, avant que Foto ne puisse répondre à son chef.

Elle ouvrit la fenêtre et alluma une clope.

— C'est interdit au public ?

— T'as tout compris.

— C'est le problème, poursuivit Foto. Le réservoir est soumis au plan Vigipirate. On ne peut plus le visiter.

— Alors tu t'y es pointé en douce.

— Oui. Et les photos sont dingues.

— Espèce de délinquant, va.

Tous trois sourirent. Steph et Sarah débarquèrent avec une cafetière pleine. Guigui s'était chargée des viennoiseries à la boulangerie du quartier. Un assortiment de douceurs tout juste tirées du four. L'équipe était au complet.

Guigui désigna le tableau.

— Je vois que t'as bossé.

— Les grandes lignes sont là.

Delmas réexpliqua tout, avec les évolutions récentes.

— On va récupérer les quatre affaires ? demanda Sarah.

— Les deux du SDPJ 93 vont nous revenir. Reste à voir comment Martial voudra articuler le tout avec Tomasini.

— Il sont arrivés, je les ai aperçus, dit Steph.

— Ta « piste Merah » a du plomb dans l'aile, commenta Guigui. Weiss et Chakiri ne ressemblent pas à des ennemis des djihadistes.

Ils évaluèrent les explications possibles. Il y avait du pour et du contre. La procédurière continua :

— En dernier lieu, on peut imaginer un type qui tire dans le tas totalement au hasard. Mais, avant ça, il y a d'autres directions à explorer. Le scooter fait penser à Merah, mais ça peut être complètement bidon.

Guigui ne prenait jamais de gants.

— Un facho pourrait très bien s'attaquer à tous ces profils, reprit-elle. Gays, Juifs, gens du voyage, Arabes…

— Je suis d'accord, répondit Luc.

— L'extrême droite et l'islamisme… Les deux pistes avaient été étudiées au début de l'affaire Merah, renchérit Sarah.

Foto y alla de sa blague :

— Peut-être un fan de Zemmour !

Comme le nom de Martial s'affichait sur son écran de téléphone, Luc prit l'appel.

— On nous attend en salle de réunion, lâcha-t-il aussitôt.

Peu après, les cinq flics s'installaient autour de la table ovale. Le commissaire avait décidé de rassembler tout l'effectif concerné, pas seulement les chefs de groupe. Tomasini et ses hommes arrivèrent deux minutes après. Les douze flics présents se saluèrent, puis Martial redéroula la chronologie des faits.

— Il est au point, souffla Steph à Luc.

Delmas opina. Tous en étaient encore au stade de l'observation concernant Martial. Il n'était là que depuis quelques jours. En guise de baptême du feu, il se prenait en pleine face une affaire complexe qui constituerait un bon test et leur permettrait d'affiner leur jugement. Martial avait assimilé les éléments des dossiers, sans rien omettre.

Il en vint aux directives.

— Les autorités se sont réunies hier soir. L'affaire est suivie au plus haut niveau, le ministre de l'Intérieur et le PR[30] sont tenus informés. Après Merah, Charlie, le Bataclan et le reste, ils ne veulent rien laisser au hasard. Vous imaginez.

Il s'adressa aux deux chefs de groupe.

— Commandant Tomasini, vous récupérez l'affaire Weiss. Commandant Delmas, vous prenez Chakiri. Le chef de la PJ veut que vos deux groupes restent mobilisés.

Luc espérait traiter les quatre meurtres. Martial enchaîna :

— Les deux groupes de la SAT qui vous épaulaient vont bien sûr poursuivre. Un pôle va se concentrer uniquement sur la vidéosurveillance. Il faut tout, absolument tout vérifier. Un autre va se pencher sur les détenteurs d'armes, les tireurs sportifs, les profils sensibles… Un autre travaillera sur le casque et le scooter. On sait que c'est un modèle T-Max troisième génération. Le parquet privilégie les pistes de l'islamisme et de l'extrême droite. Pas de surprise.

Pendant une heure, les enquêteurs échangèrent sur les modalités pratiques, les hypothèses, la répartition des tâches. Le groupe Delmas rejoignit ses locaux. Il leur fallait récupérer la procédure et les scellés. Foto et Guigui s'en chargeraient.

Ils consacrèrent du temps à s'imprégner de l'affaire Chakiri. Ils devaient en maîtriser tous les aspects, puis lister leurs remarques et les actes judiciaires. Steph, Luc et Sarah débriefèrent.

— Le cas Chakiri dénote, commença la rouquine. Il n'y a pas de scooter et le meurtre a été commis bien plus tôt. Ça ressemble à un règlement de comptes.

— Pourtant c'est le même tueur, lâcha Steph.

— Comment tu peux en être sûr ?

— Les hasards comme ça n'existent pas. La même arme que pour Heurtet et le même signalement… Tout ça au beau milieu du 93. Il peut y avoir encore des doutes, mais bon…

— Moi, interrompit Luc, je n'en ai aucun sur le fait que c'est le même homme. Reste la question du mobile.

Le policier repensait à sa thèse du copycat de Merah. Il y croyait de moins en moins. Mauvaise intuition ?

Dans l'après-midi, les articles commencèrent à proliférer sur Internet. Surtout du copié-collé du papier d'origine. Luc en compta une dizaine. Les titres étaient tous les mêmes :

> RTL : SÉRIE DE MEURTRES EN SEINE-SAINT-DENIS
>
> CNews : UN TUEUR EN SÉRIE EN SEINE-SAINT-DENIS ?
>
> Europe 1 : 93 : LA POLICE À LA RECHERCHE D'UN TUEUR À SCOOTER

Un second article du *Parisien* se révélait plus complet, agrémenté de détails. À présent, les quatre meurtres y étaient répertoriés. Dans *Le Nouveau Détective*, il semblait déjà entériné qu'un unique tueur agissait et qu'il « assassinerait » encore. Le journaliste concluait par : « Les habitants de Seine-Saint-Denis peuvent trembler. » Les chaînes d'information en continu suivirent le mouvement, avec des bandeaux d'alerte à l'écran. Des experts en carton donnaient leur avis sur des faits dont ils ne savaient rien.

En fin d'après-midi, Martial convoqua Tomasini et Delmas. Il les accueillit dans son bureau. Plusieurs photos étaient étalées devant lui sur sa table en verre. Sous de multiples angles, on voyait le scooter T-Max noir et son pilote.

— Le groupe dédié a isolé de nouvelles images de vidéo-protection. Ça concerne Heurtet, et même Obadia. Ils ont retrouvé la trace du scooter à deux kilomètres de là. Le créneau horaire correspond, la silhouette est identique et le deux-roues aussi. Regardez les zones que j'ai marquées en rouge.

Les clichés étaient réunis en trois séries. À gauche, ceux concernant Weiss, que Luc avait déjà observés. Un cercle matérialisait une bosse au niveau de la poitrine du conducteur. Rien de flagrant. Sur les deux séries suivantes – Heurtet et Obadia –, les coups de feutre soulignaient nettement un objet fixé sur son sternum.

— Une caméra portative, trancha Tomasini.

Martial acquiesça d'un signe de tête.

— Une GoPro, même, précisa-t-il.

— Il filme ses crimes, dit Delmas.

— Comme Merah.

21

Delmas et Tomasini eurent droit à un sermon de Martial sur les fuites dans la presse. Le commissaire leur suggéra de surveiller leur équipe afin d'identifier les fautifs. Luc argua que ses hommes avaient sans doute des défauts, mais sûrement pas celui de trahir le secret de l'enquête. Face à l'agacement des deux commandants, Martial souligna que ce rappel à l'ordre concernait tout le monde et était effectué à tous les échelons. Cela ne suffit pas à les apaiser.

Luc rentra chez lui énervé. Allongé sur son canapé, il gambergea. À la télé, les chaînes d'info continuaient leur travail de sape. La présidentielle les retenait néanmoins de se concentrer uniquement sur les crimes du 93. Parfois, les interventions mêlaient les deux sujets, pour meubler, débattre, expliquer de quelle façon l'affaire pourrait influencer le vote du dimanche suivant.

Il réchauffa un reste de pizza et revint au salon, incapable d'éteindre la télévision. Jusque-là, même si des références à Merah étaient vaguement apparues au détour d'articles plus ou moins confidentiels, aucun média d'importance n'avait insisté sur le parallèle possible avec les assassinats du terroriste. Ce fut CNews qui dégaina en premier, lors des titres de 21 heures. La question s'étirait sur toute la largeur de l'écran :

UN NOUVEAU MOHAMMED MERAH ?

La tirade du « spécialiste police-justice » surprit Luc. D'abord, par la qualité du contenu et sa précision. L'évidence crevait les yeux : un indélicat communiquait en temps réel des éléments. Luc manqua de s'étouffer avec sa pizza quand on évoqua l'utilisation d'une GoPro. L'info datait de la fin d'après-midi. Ensuite, ce fut le parallèle trop péremptoire avec Merah qui le percuta. À ce stade, rien n'autorisait d'affirmer avec certitude qu'il s'agissait de terrorisme islamiste. Pourtant, à entendre le journaliste, une telle menace planait sur Paris et le 93.

Serge Volokine contacta Luc durant la soirée. Lui aussi vivait seul. Il arrivait que les deux hommes s'appellent tard.

— Joli merdier, lâcha-t-il.

— Ouais… Et mon nouveau patron, Martial, est à la limite de nous accuser de baver auprès des médias.

— Il a des soupçons ?

— Il pense que je surveille mal mon groupe et doit imaginer que les fuites viennent de chez moi.

— Et toi, tu as des doutes sur certains ?

— Tu plaisantes, Serge…

— Les brebis galeuses existent. Peut-être qu'il est dans le vrai, ton chef. On a déjà vu des comportements bizarres dans ton groupe…

Quatre ans plus tôt, les Stups du SDPJ 93 avaient photographié des transactions de drogue à Pantin. Parmi les clients, un enquêteur avait identifié Foto, en train d'acheter de la résine. Il avait été décidé en comité restreint, entre officiers, d'effacer les clichés.

— Ils ont des travers, dit Luc, mais les tiens aussi. C'est partout pareil. De là à refiler des infos aux chaînes de télé…

Serge soupira au bout du fil.

— Rien ne m'étonne plus, Luc. On entend régulièrement des histoires au sujet de ton groupe. La rouquine, par exemple, elle serait pas un peu portée sur la bouteille ?

— Sarah ? Plus maintenant. Elle est enceinte.

Il avait craché le morceau sous l'effet de la contrariété.

— Garde ça pour toi. D'accord ?

— Aucun problème.

— Qu'est-ce que tu as entendu sur elle ?

— Un souci dans une boîte de nuit à Montparnasse, l'an passé. Elle était bourrée et avait foutu le souk. Et pas dans une boîte tranquille. Un after pourri avec des travs et des dealers. Le tout au lever du jour, à l'heure où un flic normal est censé être chez lui. Elle était avec des mecs pas nets à l'arrivée de l'équipage. Elle a même sorti sa brême[31] en gueulant, et l'affaire s'est réglée à l'amiable. Tu étais au courant de celle-ci ?

— Non, mais c'est fini. Elle est en couple maintenant, répondit sèchement le commandant.

— C'est bien la preuve que tu ne sais pas tout. Sois prudent, Luc. Je te le dis en toute amitié. On peut se prendre une tuile et tomber des nues parce qu'on n'a pas été carré.

Un discours identique à celui de Martial. Delmas n'avait pas envie qu'on lui fasse la leçon maintenant.

— Je dois te laisser, Serge.

— D'accord… Courage pour la suite.

Il coupa sans lui dire au revoir. Ils n'avaient même pas abordé l'affaire…

Incapable de dormir malgré l'heure tardive, Delmas multiplia les exercices de relaxation, sans succès. Une tension inhabituelle, cafardeuse, l'empêchait de se laisser aller au sommeil. La liste des emmerdements revenait en boucle dans sa tête. Les médias.

Le spectre du terrorisme. Les investigations infructueuses. Le contexte politique. La pression hiérarchique. L'appel de Volokine. La dépression de Nico.

Cette journée l'avait stressé. Et, contrairement au reste du temps, il avait peiné à maîtriser ses émotions et ses pensées.

Se laisser déborder ne lui ressemblait pas.

Il devait reprendre le contrôle. Et vite.

22

Un véritable coup de tonnerre.

Café en main, dans son bureau, Luc peinait à se réveiller après une nuit d'insomnie quand Martial vint lui annoncer la nouvelle. La rédaction de *Mediapart* avait contacté la préfecture après avoir reçu une clé USB par voie postale. Elle contenait un unique fichier, une vidéo. Selon les journalistes, on y voyait les quatre meurtres filmés par le tueur. L'enveloppe et le support avaient été saisis par l'IJ avec mesures conservatoires. Il n'avait fallu aux agents qu'un instant de visionnage pour le confirmer : il s'agissait bien des crimes du 93.

Vers 10 heures, le groupe au complet s'apprêtait à en consulter une copie aux côtés du commandant. Luc démarra la lecture.

— Vingt-deux minutes de vidéo, dit Sarah en observant le compteur, c'est long. Avec quoi il a pu meubler ?

— Peut-être avec ses trajets d'un lieu à un autre, répondit Guigui. Tu as déjà vu le montage vidéo de Merah ?

— Dieu merci, non. Quelle horreur.

— C'est de la culture professionnelle, ma belle.

— Il a tué des enfants.

— Et alors ? T'as déjà vu des enfants morts, non ?

— Justement, quand on arrive ils sont déjà morts. La différence, là, c'est qu'on les voit mourir.

Guigui leva les yeux au ciel.

— Pauvre biche.

Ils se concentrèrent. Guigui avait tout bon. Les meurtres étaient séparés par la mise en scène du trajet jusqu'à la scène de crime suivante. Il n'y avait pas de son, pas de musique. Des images brutes, sans aucun effet de post-production.

On voyait Magali Obadia faire face au tueur et s'adresser à lui pendant un instant, jusqu'à la mise à mort. C'était aussi le cas de Freddy Weiss, qui se rapprochait du deux-roues en caleçon, l'air ensuqué, avant de se faire abattre. Pour Jean-Pierre Heurtet et Magali Obadia, la faible luminosité ne permettait pas de voir distinctement la scène. La plus impressionnante des exécutions restait celle de Chakiri, dont un côté de la tête éclaboussait le mur derrière lui.

— La détermination du mec…, souffla Steph, mal à l'aise.

Le bras du bourreau ne tremblait pas. Chaque forfait s'accomplissait en quelques secondes. La brutalité à l'état pur. Luc connaissait la vidéo de Merah. On y voyait la même chose, le son en plus. Il pressentait que le tueur du 93 s'en était inspiré.

La lecture se termina tandis qu'un long silence s'installait. Foto se lança :

— Costaud. C'est du copié-collé de Merah et ça rappelle aussi la tuerie de la mosquée de Christchurch. Le type s'était filmé de la même façon, en mode jeu vidéo. Un néonazi.

— Si on avait des doutes sur l'auteur du meurtre de Chakiri, dit Delmas, ils sont levés. C'est le même tueur pour les quatre.

Guigui enchaîna :

— Pourquoi envoyer ça maintenant ?

— Pour attirer l'attention, renforcer sa publicité. Le but des terroristes, c'est de frapper les esprits aussi fort que possible.

En fin de matinée, le Parquet national anti-terroriste se saisit officiellement de l'affaire. Le procureur s'exprima à midi, en direct sur les chaînes de télévision. Après l'avalanche d'articles et de sujets dans les médias, sa déclaration permit de recadrer les choses. Lors de la conférence de presse, il fut question des motivations du tueur. Le procureur, pressé d'interrogations, demeura volontairement vague. Tous les observateurs pensaient néanmoins à l'islamisme ou à l'extrême droite. Ils soulignèrent les similitudes avec Merah.

Le Premier ministre prit la parole à 13 heures, au journal de TF1. Il présenta d'abord ses condoléances aux familles des victimes. Puis, sans commenter les faits eux-mêmes, annonça des mesures de sécurisation renforcées. Lieux de culte et écoles confessionnelles. Centres commerciaux. Gares. Aéroports... Il assura que les services de l'État étaient entièrement mobilisés et que ces événements ne devaient pas perturber le processus électoral. Jean Castex déclara enfin que la France ne ploierait jamais face à l'ennemi terroriste.

Luc avait suivi l'ensemble sur BFM depuis son PC. Il coupa et navigua sur Internet. Les associations et organismes de défense des minorités donnaient de la voix. La Licra. SOS Racisme. Inter-LGBT. Les politiques de tous bords, députés, communicants, soutiens des uns et des autres, s'en donnaient à cœur joie sans aucune nuance. La droite privilégiait la thèse djihadiste et accusait la gauche de complaisance envers l'islamisme. La gauche reprochait à la droite d'être l'instigatrice morale d'un passage à l'acte raciste. Rien de neuf.

Le téléphone sonna. C'était le labo.

— Commandant, on a des résultats.

— Je vous écoute, dit Luc d'un ton pressant.

— On avait prélevé deux ADN sur la clé USB. Le premier est celui du journaliste qui a ouvert l'enveloppe et le second est inconnu au FNAEG.

Delmas soupira. Ce n'était peut-être pas celui du tueur, mais, le cas échéant, il aurait suffi qu'il soit fiché pour être confondu. Tellement d'affaires se débloquaient avec l'ADN…

L'année précédente, le mystère du « Grêlé » avait trouvé son épilogue de manière spectaculaire. Ce tueur en série, soupçonné d'appartenir aux forces de l'ordre, échappait aux autorités depuis 1986. Une juge d'instruction avait prescrit un prélèvement d'ADN pour tous les policiers et gendarmes affectés à Paris – sa zone d'action – à l'époque. François Vérove s'était suicidé avant de s'y soumettre en laissant une lettre d'adieu. Elle attestait de sa culpabilité. Mourir plutôt que de se rendre. Le « Grêlé » était le plus vieux dossier en cours d'instruction à la brigade criminelle du 36.

Steph débarqua dans le bureau.

— Avec la vidéo, les collègues de la Balistique ont pu identifier le modèle d'arme utilisé.

Delmas avait son idée.

— Je dirais un Glock 17.

— Yes. Glock 17 quatrième génération.

Ce pistolet semi-automatique était connu pour équiper les militaires et les policiers. Leur homme pouvait évoluer dans ces milieux. Plusieurs affaires liées à l'extrême droite laissaient apparaître ce type de profil. Jusqu'à présent, le pôle d'enquêteurs en charge du traçage des armes n'avait pas dégagé de piste exploitable. Cette information leur permettrait d'aiguiller les recherches.

— Par contre, continua Steph, les images n'apportent à première vue pas grand-chose de plus.

Chaque seconde serait analysée à la loupe. Une équipe y travaillait. En observant les trajets, les mouvements, les lieux, on pouvait repérer des points de passage intéressants – couverts par des caméras, par exemple – ou mettre en lumière une information capitale. L'auteur avait peut-être pris la peine d'expurger de la séquence tous les éléments d'identification, mais il était possible aussi qu'on ait affaire à un amateur.

Delmas reprit :

— L'origine de l'envoi, ça a pu avancer ?

Le cachet de la poste apposé sur l'enveloppe, de mauvaise qualité et mal imprimé, avait causé des difficultés.

— Il a posté sa lettre à Saint-Mard, en Seine-et-Marne. Un village de quatre mille habitants à vingt kilomètres d'Aulnay. On va gratter au niveau de la poste et des boîtes aux lettres.

— Il a pu s'éloigner du 9-3 pour noyer le poisson.

Une fois que Steph fut parti, Delmas appela Martial, qui se coltinait toutes les réunions. Luc n'avait jamais voulu être commissaire pour cette raison. Trop de contraintes, de réunions, de courbettes, de serrages de main, de pince-fesses… Il fit à son chef un état des lieux. De son côté, Martial ne lui apprit rien de concret. Des profils d'anciens détenus et d'éléments radicaux djihadistes faisaient l'objet de vérifications. Le commissaire lui rappela que les autorités ministérielles suivaient l'affaire de près.

Désormais, les investigations étaient si élargies, si segmentées par thèmes et objectifs, que les effectifs mobilisés dépassaient largement le cadre de la Crim'. La DCPJ[32] et la DGSI avaient détaché des hommes. Des policiers de l'OCRVP[33] étaient sur le coup. Un formidable rouleau compresseur s'activait. Après dix-huit ans au 36, Luc découvrait de nouveaux schémas opérationnels.

Il avait retrouvé énergie et sérénité malgré sa courte nuit. Toute son attention était concentrée sur ces deux affaires : Chakiri et Obadia. Son groupe réentendait les témoins. Luc s'en était réservé un. Le gardien de l'immeuble du 29, rue Edgar-Degas à Aulnay. Luis Gimenez.

L'une des seules personnes à avoir aperçu le tueur.

23

— Asseyez-vous, je vous prie.

Gimenez prit place dans le bureau de Delmas. Ce dernier lui proposa un café, qu'il accepta. Le gardien portait un jean élimé trop court et une polaire grise à fermeture Éclair.

— On entend beaucoup parler de cette histoire. Ça me fait un drôle d'effet que ce soit arrivé devant l'immeuble.

Il s'exprimait d'une voix claire.

— Je vous comprends, dit Luc avec compassion.

Le commandant s'intéressait à Gimenez pour plusieurs raisons. D'abord, il était un témoin clé : il avait vu le criminel. Sa déposition, même parcellaire, comptait. Combien étaient-ils à avoir approché le tueur ? Il y avait eu Sylvie Robert, la copine d'Obadia. Paul Lalande, l'amant de Heurtet. Et Luis Gimenez.

Ensuite, l'intérêt de Luc pour ce témoignage touchait aux particularités du cas Chakiri : l'absence présumée de scooter ; la date, très en amont des autres crimes ; le mode opératoire sur un point de deal, plus proche du règlement de comptes que du terrorisme.

Assis devant son ordinateur, Luc questionna Gimenez sur sa situation personnelle, compléta les rubriques. L'en-tête du procès-verbal se généra automatiquement sur l'écran :

L'an deux mille vingt-deux
Le dix-huit avril
Nous, Luc DELMAS
Commandant de police
En fonction à la brigade criminelle
Officier de police judiciaire en résidence à Paris
Étant au service,
[...]
Avons mandé et constatons que se présente à nous la personne ci-dessous dénommée qui nous déclare :

SUR SON IDENTITÉ :
« Je me nomme Luis GIMENEZ
Je suis né le 10 mars 1985 à PARIS 18e
Je suis fils de Juan GIMENEZ et de Solange ROUX
Je suis de nationalité FRANÇAISE
Je suis GARDIEN D'IMMEUBLE
Je suis domicilié 29, RUE EDGAR-DEGAS à AULNAY-SOUS-BOIS (SEINE-SAINT-DENIS) »

SUR LES FAITS :

Delmas avait préparé sur un document distinct une première salve de questions, qu'il copia-colla dans le corps du PV. Il commença en ratissant large pour situer l'homme qu'il avait devant lui.

QUESTION : Quelles sont vos fonctions au sein de l'immeuble sis 29, rue Edgar-Degas à Aulnay-sous-Bois ?

RÉPONSE : Je suis le gardien et j'y travaille depuis sept ans. J'habite au rez-de-chaussée. Ce sont des logements sociaux. Le bailleur fonctionne encore avec un gardien mais, dans beaucoup d'immeubles d'Aulnay, il n'y en a plus. Je m'occupe du ménage, des poubelles, des problèmes techniques, de l'ascenseur, des communs. Je surveille aussi ce qui se passe dans l'immeuble et aux alentours. Il y a des problèmes de trafic de drogue et des incivilités, du bruit, parfois des dégradations. Je m'occupe de beaucoup de choses. Je récupère par exemple les colis du facteur quand les résidents ne sont pas là. Je nettoie les ordures que les jeunes laissent souvent devant la porte.

Luc demanda des précisions sur le bailleur, l'immeuble, les résidents, l'ambiance, son rapport avec les dealers. Ils discutèrent à bâtons rompus, sans que le policier ne consigne tout sur PV. Gimenez était bavard, ce qui contrastait avec son allure un peu terne. Lui-même fils de concierges, il était dans le métier depuis sa majorité. Passé par la Goutte-d'Or et Belleville, il avait obtenu en 2015 ce poste à Aulnay, plus exigeant mais mieux payé.

Les dealers, qu'il appelait « les petits emmerdeurs », ne l'impressionnaient pas. Selon lui, il fallait trouver l'équilibre entre fermeté et diplomatie, pour ne pas se faire casser la gueule ou brûler sa voiture. Les enjeux financiers étaient si forts que ces voyous ne craignaient personne, police ou riverains. La meilleure option était de composer avec cet univers et ses codes.

Au bout de trente minutes d'entretien, Luc se carra dans son siège. Il leur servit à tous les deux un verre d'eau en guise de pause avant d'entrer dans le dur de l'affaire :

QUESTION : Pouvez-vous nous relater les événements survenus le huit mars dernier devant votre habitation ?

RÉPONSE : Le matin du huit mars, vers neuf heures et demie, je me trouvais dans mon appartement, qui est le seul logement du rez-de-chaussée. J'étais occupé à faire du rangement dans le vestibule quand j'ai entendu un bruit sec qui ressemblait à une détonation. Le bruit venait d'assez près, j'ai pensé qu'on avait fait exploser un pétard dans le hall ou dehors, devant l'entrée. J'ai ouvert ma porte pour regarder si je voyais quelque chose. Ma loge se trouve juste en face de la porte vitrée située au bout du hall.

QUESTION : Qu'avez-vous vu à ce moment-là ?

RÉPONSE : J'ai compris qu'il s'agissait d'un coup de feu car j'ai aperçu à travers la vitre une silhouette sombre tenant une arme à bout de bras.

QUESTION : Pouvez-vous décrire cette silhouette ?

RÉPONSE : Je ne l'ai eue dans mon champ de vision que quelques secondes car j'ai refermé la porte par réflexe, de peur qu'on ne me tire dessus. Je peux dire que c'était une silhouette sombre. Je pense qu'il portait un survêtement noir, et j'ai pu voir une sorte de logo blanc sur l'avant. Je ne peux pas vous dire la marque. Il portait un casque ou une cagoule noire. J'ai paniqué mais, juste après, je suis ressorti pour regarder à nouveau au cas où il y aurait un blessé. Je suis arrivé dans le hall alors que l'homme partait.

QUESTION : Pouvez-vous le décrire avec plus de détails ?

RÉPONSE : Je l'ai vu encore moins longtemps. Je n'ai pas aperçu l'arme, car il était de profil.

QUESTION : Dans quelle main tenait-il l'arme ?

RÉPONSE : La main droite. Je l'ai vu de profil gauche à ce moment-là, mais très peu de temps. Il a disparu du cadre de la porte. Tout est allé très vite. J'ai eu l'impression que c'était un homme. Comme je vous l'ai déjà dit, sa tête était masquée. C'était peut-être un casque, une cagoule noire, ou un bonnet avec masque anti-Covid en plus. Je ne suis pas capable de le dire, tout a été trop rapide.

QUESTION : Qu'avez-vous fait après ?

RÉPONSE : Je suis allé jusqu'à la porte, j'ai ouvert et j'ai découvert un jeune allongé à côté de son fauteuil avec du sang sur la tête. J'ai été choqué car je le connaissais et lui avais déjà parlé plusieurs fois. Il faisait partie des équipes de dealers et habitait dans le quartier. Je l'ai vu grandir depuis mon arrivée à la cité des 3 000. Il devait avoir une quinzaine d'années. Je suis rentré chez moi et j'ai appelé la police.

QUESTION : Quand vous êtes sorti, avez-vous aperçu le tueur et sa direction de fuite ?

RÉPONSE : Non. Il a dû partir aussitôt. J'ai regardé aux alentours, d'abord pour appeler à l'aide ou alerter les gens qui auraient pu être dans le secteur. Mais il n'y avait personne.

QUESTION : Avez-vous entendu du bruit ? Des voix ? Un bruit de moteur de véhicule ?

RÉPONSE : Aucun bruit de moteur. Par contre, j'ai entendu qu'on criait et parlait fort dans l'escalier. Je sais que c'était les voix des autres jeunes qui tiennent ce point de deal. Ils avaient dû entendre le coup de feu, peut-être voir quelque chose par les fenêtres des étages.

Delmas lui fit renouveler son récit, avec des questions plus pointues sur le timing, l'enchaînement des faits, les positionnements du tueur et de lui-même, forçant Gimenez à reformuler, à circonstancier, à puiser loin au fond de sa mémoire. Le commandant l'interrogea sur ses sensations, ses hypothèses. Les yeux du gardien flottaient dans le vague comme s'il revivait la séquence. Son visage se déformait parfois en grimaces dubitatives.

— Je fais vraiment ce que je peux. J'essaie de vous dire seulement des choses que je suis certain d'avoir vues.

Luc le regarda fixement.

— Au contraire, dites-moi tout ce qui vous passe par la tête. Le diable est dans les détails. Ne laissez rien de côté.

— Je ne veux pas me tromper et passer pour un imbécile, répliqua le témoin d'un air emprunté.

D'accord, il me cache des choses, pensa Luc.

— Videz votre sac, monsieur Gimenez.

— Eh bien, j'y ai pensé en regardant la télé. Ils parlent beaucoup de l'extrême droite.

— En effet. Et alors ?

— Je vous ai parlé de ses habits, vous vous souvenez ? Un survêtement avec une espèce de logo blanc sur l'avant.

— Exact.

— C'est allé très vite, mais j'ai quand même vu une forme. Et ça pourrait être autre chose qu'un logo de marque.

— Qu'est-ce que ça pourrait être ?

Gimenez fit une pause, comme s'il pesait le pour et le contre, puis dit :

— Je ne sais pas… peut-être une croix gammée.

24

— Une « croix gammée » ? Il en est sûr ? demanda Martial.

Luc avait fait raccompagner Luis Gimenez avant d'aller rendre compte au chef de section, dans son bureau.

— Non. Il a hésité à en parler, de peur de se planter.

Martial soupira en parcourant la copie d'audition.

— Sur le reste de ses déclarations, ça a évolué ?

— Pas du tout. Il a répété ce qu'il avait dit au SDPJ 93. La seule nouveauté, c'est cette croix gammée.

— On n'avait rien remarqué sur les images… Je vais transmettre à l'équipe vidéo, ils repasseront tout à la loupe.

Pendant un quart d'heure, ils débriefèrent sur les investigations du groupe. Sarah et Guigui, de leur côté, multipliaient les auditions.

Delmas revint sur un point qui le titillait :

— Les dépositions restent les mêmes, sauf du côté de Kevin Pernet. Il nous a affirmé que la judéité d'Obadia était connue. Elle lui avait raconté qu'un client l'avait traitée de « sale pute juive » après un différend.

— C'est intéressant, répondit le commissaire, l'air songeur.

— Ça pourrait l'être si on avait des précisions, mais Pernet est incapable de dater les faits, maugréa Luc. Il parle de deux ans, puis de trois. Et il n'a aucune idée de qui pouvait être le bonhomme.

— C'est à creuser. Si c'est l'extrême droite, Obadia a pu être visée à cause de ses origines. Sinon, pourquoi s'en prendre à une prostituée ? À cause de son métier ? Je n'y crois pas. On n'a rien de ressemblant dans les annales terroristes.

— Oui, la possibilité que ce soit un client est réelle, à mon avis.

— Avec le nombre d'hommes qu'elle a croisés en quinze ans de métier, le champ de recherche est considérable.

Luc réfléchit une seconde.

— Pas forcément. Pernet dit qu'elle ne recevait chez elle qu'une poignée de privilégiés. Les autres étaient des hommes racolés dans la rue. Si le tueur avait son adresse, il peut faire partie du cercle fermé autorisé à la fréquenter à son domicile.

— On en a identifié combien ? Une dizaine ?

— Huit. Tous entendus. Tous ont un alibi, soupira Luc.

— Revérifiez. (Martial eut une mine perplexe.) Mais pourquoi prendre la peine de la suivre plutôt que de la flinguer chez elle ?

— Peut-être pour la mise en scène. Une prostituée retrouvée morte dans son appart, c'est banal. Un tueur motocycliste qui abat ses victimes à ciel ouvert et filme le tout, c'est plus vendeur.

Martial opina et se leva pour se dégourdir les jambes.

— À propos de son amie Sylvie Robert, enchaîna-t-il, j'ai eu le SDPJ. Ils n'ont rien qui puisse relier le meurtre à une affaire de stups. Elle et Obadia étaient des consommatrices et se dépannaient de temps en temps, mais pas de trafic ou de gros sous. Pas de pressions, de chantage, de racket ni de maquereaux dans l'entourage.

Les deux policiers continuèrent à balayer les sujets en cours, puis le commissaire conclut :

— Ne lâchez rien, Delmas. On va y arriver.

Malgré les reproches de Martial ces derniers jours, Luc n'arrivait pas à lui en vouloir, encore moins à le détester. Le chef de section dégageait quelque chose d'humain et de passionné qui lui plaisait. Il insufflait un esprit positif. Au fond, Luc commençait à l'apprécier.

— J'espère bien, répondit-il.

25

Delmas devait passer récupérer Nico chez lui. Ils iraient ensuite chez Guigui. Le groupe avait prévu de s'y retrouver pour dîner, boire quelques bières, et refaire le monde devant le fameux « débat d'entre-deux-tours » de l'élection présidentielle.

Il sonna chez les Pradier et Marlène ouvrit.

— Bonjour, Luc. Entre.

— Salut, Marlène.

La femme de Nico avait perdu du poids. Son mari n'était pas le seul à avoir laissé des plumes dans cette histoire. La blonde rondelette et souriante que Luc connaissait semblait s'être évaporée. Son visage, plus dur, reflétait une froideur dont il n'était pas coutumier.

— Nicolas se prépare, dit-elle d'un ton sec.

Luc ressentit ce blizzard caractéristique des couples qui n'ont plus rien à espérer. Marlène se carapata dans la cuisine. Il aperçut les enfants à table, qui mangeaient en silence. Son adjoint finit par sortir de la salle de bains.

— Luc ! Putain, ça fait plaisir de te voir !

Nico avait des cernes épais, les joues creusées. On ne reconnaissait plus le solide géant au physique de basketteur. Luc posa quand même la question rituelle :

— Tu vas bien ?

— J'essaie de me bouger. Je suis content de sortir.

Nico prit sa veste. Luc salua la maîtresse de maison. Aucune réponse. Ils descendirent l'escalier et rejoignirent la 308 garée rue de Vaugirard. Les Pradier vivaient dans le 15e. Pour combien de temps encore ? Quand Nico serait rétabli, Marlène partirait et demanderait le divorce. Delmas aborda le sujet sans détour :

— Qui va conserver l'appart ?

— Elle. Je me trouverai une piaule. Elle veut la garde des enfants, j'ai donné mon accord. Autant éviter la guerre.

Nico avait besoin de parler. Verbaliser les événements, se projeter dans son rôle de flic et réactiver une vie sociale lui feraient un bien immense. Delmas en était convaincu : le travail et l'équipe l'aideraient à se sortir de cette mauvaise passe. Et puis, ça permettrait au commandant de garder un œil sur lui.

À présent, ils roulaient vers le Val-de-Marne. Luc songeait à son ami. Nico était passé tout près de la mort. Sans l'intervention des gendarmes, il se serait tiré une balle, seul, au milieu d'une forêt. L'existence pouvait virer au néant à chaque instant.

Ils se garèrent devant chez Guigui. La procédurière occupait un pavillon près du bois de Vincennes, dans une zone résidentielle tranquille à Joinville-le-Pont, le long de la Marne. La soirée s'annonçait douce, ils pourraient peut-être prendre l'apéritif dehors. Ils aperçurent les collègues sur la terrasse. Gagné.

— Ils arrivent ! lança Sarah.

Tous étaient déjà là, assis autour de la table. Guigui, les cheveux mouillés et en bataille, comme si elle sortait tout juste de la douche. Foto, en jean et T-shirt dépenaillés, égal à lui-même. Sarah et Steph, tout de cuir vêtus.

— Nico ! C'est bon de te voir ! s'exclama Steph.

On esquiva les gestes barrière. Accolades. Poignées de main. En dehors de Guigui et Luc, plus proches de lui, les autres n'avaient pas revu Nico depuis janvier. Pas de visites. Le capitaine n'était pas assez en forme, à ce moment-là, pour se confronter à ses collègues. Il se sentait à la fois honteux et fébrile. Mais les retrouver maintenant lui procura un plaisir sincère, qui était partagé. Nico constituait un pilier de l'équipe, dynamique, positif. Personne ne l'aurait imaginé suicidaire.

Luc et lui prirent place.

— Qu'est-ce que je te sers, Nico ? demanda Guigui.

— Un Coca. Pas d'alcool à cause des médocs.

— T'en prends beaucoup ?

Le capitaine eut un sourire goguenard.

— L'ordonnance est chargée, oui.

— Comment tu te sens ? questionna Steph.

— Je commence à aller mieux. J'ai des coups de mou passagers, mais j'ai accepté l'idée que Marlène voulait divorcer. On va faire au mieux avec les enfants et je repartirai sur de bonnes bases.

— Reviens travailler, c'est bon pour le moral.

— Peut-être cet été, d'après mon psy.

— Ce serait génial, dit Sarah avec un grand sourire. On t'attend !

Luc observait le barbecue. Chipolatas, merguez, steaks hachés, côtes de porc crépitaient sur la grille. Guigui le taquina :

— Ça te fait envie, avoue !

Delmas fit la grimace.

— Sûrement pas !

— Allez, une petite saucisse, Luc !

Foto se marrait. Appareil en main, il enchaînait les clichés. Nico était la star du jour. Ce serait l'album du retour.

— Vous me chambrez, dit Delmas plus sérieusement, mais un jour vous comprendrez. Santé, planète, condition animale. Les trois piliers. Étudiez-les et vous ralentirez la viande. Peut-être même que vous arrêterez.

— Moi jamais, j'aime trop ça, lança Sarah, catégorique.

— T'es un rabat-joie, Luc, ajouta Nico.

Guigui avait déplacé le meuble TV à l'extérieur. Sur BFM et ses consœurs, des commentateurs excités attendaient le débat. Marine Le Pen *vs* Emmanuel Macron. Match retour après 2017. Sarah jeta un coup d'œil à l'écran.

— Ça commence à quelle heure, la connerie ?

— 21 heures, répondit Foto.

L'Italien était celui qui manifestait le plus d'intérêt pour la politique, avec parfois des avis tranchés.

— Macron va la démolir comme il y a cinq ans, commenta-t-il, sûr de lui.

— Je pense qu'elle a retenu la leçon, nuança Nico. Mais on connaît tous le résultat final, ça ne changera rien.

Le groupe enquillait les bières et les verres de blanc. On sautait d'un sujet à l'autre sans lien logique. Le charme des apéritifs un peu robustes. Puis il fut temps de manger. Guigui avait pensé à Luc. Elle lui apporta des lasagnes végétariennes.

— Cuisinées par mes soins, fit-elle avec un clin d'œil.

Le débat avait commencé. Chacun le suivait à sa façon, d'un œil plus ou moins attentif. La candidate du RN reprochait au Président sa gestion calamiteuse de la crise sanitaire.

— On en a marre de ce cirque, dit Sarah. J'en peux plus de ces vaccins, des masques, du gel…

— Si Macron est réélu, avec sa réforme des retraites, tu vas en avoir besoin, de gel. Mais une autre sorte de gel…

Une sortie signée Guigui. Tous explosèrent de rire. Elle votait RN par pur défoulement, et surtout parce qu'elle détestait Macron. Ils firent un tour de table des futurs votes. Aucun d'eux ne botta en touche. Deux suffrages pour Macron : Foto et Steph. Deux pour Le Pen : Sarah et Guigui. Deux abstentions : Luc et Nico.

À l'écran, les duellistes en vinrent à la question du terrorisme. Luc et la bande savaient que les candidats évoqueraient les crimes du 93. Incontournable, vu le poids médiatique et politique de l'affaire. Pour Macron, Le Pen attisait la haine, amalgamait et discriminait les musulmans. Pour Le Pen, Macron ne prenait pas ses responsabilités, fermait les yeux et rapatriait des terroristes en France.

Les deux présidentiables restèrent prudents sur les motivations de l'ennemi public numéro un. Ne surtout pas se griller – en s'avançant trop – lors d'un exercice à pareil enjeu. Toutefois, à travers les mots du président sortant, on devinait que la thèse d'un tueur d'extrême droite était celle qui le convainquait. Pour conclure, il rappela que le terrorisme islamiste subsistait et salua la mémoire de Samuel Paty.

Foto joua la provoc, sa grande spécialité :

— Il aurait pu faire gaffe, Samuel Paty. Est-ce que c'était nécessaire, aussi, de montrer ces caricatures aux élèves ?

— Comment tu peux dire une chose pareille ? répliqua Steph, dépité. On croirait entendre La France insoumise… C'est injustifiable.

Le dessert arriva. Salade de fruits et glaces. Le débat se termina en même temps que les discussions politiques du groupe Delmas. Guigui fumait clope sur clope en déblatérant avec Sarah sur la hiérarchie. Nico parlait peu – les médicaments l'abrutissaient, surtout en fin de soirée. Foto s'agitait avec son reflex numérique pendant que Steph discutait foot avec Luc.

Delmas appréciait ce moment de détente. La bonne humeur. Ses amis. Les seuls, au fond, car il ne voyait personne d'autre. Le lotissement était plongé dans le calme lorsqu'ils ne riaient pas aux éclats. On percevait l'écoulement des eaux de la Marne, de l'autre côté de la route. Et autour d'eux, cette merveilleuse terrasse combinant bois et verdure, cernée de plantes et de fleurs. Une passion de Guigui, horticultrice à ses heures perdues.

Elle apporta des bouteilles de champagne.

— On arrose quelque chose ? interrogea Foto.

— J'ai vendu ma maison.

— Yes, enfin !

Les félicitations fusèrent.

— Bravo, Guigui !

Avec la pression qu'elle se mettait, Luc était heureux pour elle. La procédurière vivait seule ici depuis son divorce, dix ans plus tôt. Un espace trop grand pour elle. Ils trinquèrent dans la joie.

— Qu'est-ce qu'on te souhaite de plus ? demanda Sarah.

— La meilleure retraite possible, avec mes enfants, en Auvergne. Loin de Paris, de ses banlieues et de ses crimes.

Steph leva sa coupe.

— Plus que dix mois à tenir, tu tiens le bon bout !

26

La préfecture était située sur l'île de la Cité. Épicentre du pouvoir policier, elle abritait plusieurs directions, dont l'héritière des renseignements généraux, la Direction du renseignement de la préfecture de police. Cette entité opérait dans plusieurs domaines, dont la prévention du terrorisme, la lutte contre l'économie souterraine ou l'ordre public.

Rendez-vous avait été pris avec Martine Corso, une major de police spécialiste des mouvances radicales. Luc et elle avaient sympathisé trois ans plus tôt, à l'occasion du pot de départ en retraite d'un ami commun. Passionnés de sport, ils allaient courir ensemble deux fois par mois aux Buttes-Chaumont ou au parc de la Villette.

Luc se gara quai des Orfèvres. Il remonta la voie à pied et passa devant l'ancien bâtiment du 36. Les souvenirs jaillirent. Affaires traitées. Locaux mythiques. Histoire du lieu. Le siège de la PJ dégageait une charge émotionnelle considérable. Il n'en conservait que de bons souvenirs. Il s'installa à la terrasse du Soleil d'Or, un restaurant prisé des policiers. Il fit signe à un serveur.

— Un jus de tomate, s'il vous plaît.

La plupart des clients prenaient le soleil en pull ou en chemise. Luc observa le ciel bleu. L'été forçait le passage dès le mois d'avril. Portable en main, il consulta l'actualité, dominée par le débat de la veille. L'affaire du 93 arrivait en deuxième position. On privilégiait maintenant la thèse d'un « nazillon » aux motivations racistes, antisémites, homophobes… Le vent tournait. L'histoire de la croix gammée était reprise par plusieurs médias. Delmas soupira. Les fuites se multipliaient de façon inquiétante.

En revanche, *Mediapart* n'avait rien publié à propos de la vidéo reçue. *Un peu d'éthique,* pensa Delmas. Le matin même, il avait eu une discussion à ce sujet avec Martial et Tomasini. Les recherches sur l'origine de l'envoi ne donnaient rien.

Vers 10 h 30, il pénétra dans le bureau de Martine Corso. Brune, cheveux courts, athlétique, la major avait la particularité d'être souriante et d'humeur toujours égale. Mère de quatre enfants, hyperactive, elle jonglait entre travail, sport, activités associatives et obligations familiales, sans jamais paraître débordée. Avec elle, les contacts étaient proscrits. Exit les bises ou les poignées de main. Masque obligatoire.

— Si je peux éviter de ramener ça chez moi…

Ils sortirent parler dehors, masqués malgré tout. Dans la cour, d'autres flics prenaient moins de précautions. On fumait, on buvait des cafés en groupe. Sur ces questions, Luc était plutôt souple et ne jouait pas les ayatollahs. Il respectait néanmoins les choix de sa collègue.

— Tu t'en sors avec ton affaire ?

Il lui résuma les dossiers. Elle le questionna sur des points procéduraux. Puis il en vint au sujet. Les profils possibles. Si Martine travaillait sur l'islamisme, la spécialité historique de cette ancienne des RG[34] était l'extrême droite.

— Ces dernières années, expliqua-t-elle, la majorité des attentats commis ou évités étaient liés au terrorisme islamiste.

Mais quelques-uns concernaient l'ultra-droite. L'affaire de l'OAS, par exemple.

Luc s'en souvenait. À la base, l'Organisation de l'armée secrète était un groupe politico-militaire créé pendant la guerre d'Algérie. Il laissa sa collègue poursuivre.

— Ce groupuscule avait copié la structure de la véritable OAS de l'époque. Il se présentait comme une armée de défense voulant déstabiliser les institutions et attaquer le corps social. Il appelait à la rébellion, incitait à tuer, projetait des rackets d'entreprises pour financer l'achat d'armes. Ses membres militaient pour la « remigration » forcée. Ils visaient les musulmans, les Arabes, les Noirs. Même des politiques. Castaner et Mélenchon.

— Tu penses qu'ils seraient passés à l'acte ?

— Au procès, ils ont affirmé que non. Mais on n'en sait rien. Le fondateur de l'OAS d'aujourd'hui animait un groupe Facebook d'admirateurs de Breivik, ce néonazi qui a tué soixante-dix-sept jeunes sur une île au large de la Norvège il y a quelques années.

— Tu verrais bien un gars comme ça ? lança Luc.

— Vu le choix des victimes, oui. Et il s'est sûrement inspiré de Merah. Il a dû trouver en lui une sorte de modèle « technique ». Je pense qu'il recycle ses faits d'armes pour les mettre à la sauce ultra-droite. Il ne lui rend pas hommage, il le copie.

— S'inspirer d'un djihadiste…

— Sa méthode a été tellement efficace… Tu te souviens de l'impact médiatique ? Difficile de faire plus fort en solitaire. C'était une chasse à l'homme suivie par toutes les télés.

— Tu miserais donc là-dessus.

Elle approuva d'un geste de la tête.

— Ça colle avec l'ambiance actuelle. On assiste à un essor des idéologies néofasciste et néonazie partout en Occident. Aux

États-Unis, en Italie, en Allemagne, dans les pays nordiques… On observe un phénomène de banalisation de l'extrême droite. Ça se ressent au niveau politique. Trump ou Bolsonaro sont passés par là. La mouvance est décomplexée, les plus violents se sentent pousser des ailes. On est également concernés en France.

— Les ZVP[35], par exemple…

— Oui, ou QAnon[36] aux États-Unis, dans un style différent, mais tout aussi décérébré. Ils ont tenté de renverser le résultat de la présidentielle et ça s'est fini avec des morts dans l'assaut du Capitole… Ils croient que des élites satanistes et pédophiles gouvernent la planète. Ou que les démocrates extraient du sang des enfants une substance qui serait un élixir de jouvence.

— On s'éloigne du terrorisme.

— Pas tellement. On a là-dedans les mêmes illuminés racistes, homophobes, antisémites, anti-avortement… Il suffit de passer une heure sur Facebook ou YouTube pour comprendre. Il y a aussi des porosités avec l'islamisme. Sur les réseaux cryptés, les groupes d'extrême droite sont du même avis que les terroristes islamistes sur la question du Covid. Pour eux, c'est un virus créé par les Juifs et il vaut mieux mourir en martyr que du virus.

— Tout un programme…

— Pour en revenir à ton affaire, je penche pour un type seul qui s'est nourri de ces conneries. Un loup solitaire. Ce concept est débattu dans l'analyse du djihadisme, certains experts affirment que ça n'existe pas, qu'aucun djihadiste n'agit vraiment seul. Mais, au fond, ça dépasse ce sujet. Le terme a été introduit dans les années 1990 par un suprémaciste blanc. Il prônait l'action solitaire, encourageait les crimes en série racistes sans rattachement à une organisation. Il fallait frapper seul pour n'impliquer personne d'autre et ne pas attirer l'attention sur soi. Les cibles étaient les prétendus ennemis de la culture occidentale et des États-Unis.

— Juifs, homos, immigrés…

Elle hocha la tête derrière son masque.

— Toujours la même rengaine. Cette stratégie était aussi appelée la *leaderless resistance*. La « guerre sans chef ». Des attentats sans mouvements de fonds, sans transport de matériel, pour limiter les risques. On a eu des cas en Europe. David Copeland, par exemple, un néonazi anglais. En treize jours, il a fait sauter des bombes dans des quartiers asiatique, noir et homosexuel. Il a toujours maintenu avoir agi seul.

Luc songea à la réunion du matin.

— Les collègues de la SAT sont du même avis. Un facho en roue libre sans personne derrière lui.

Ils continuèrent à discuter dans la cour ensoleillée. Puis Delmas la remercia et reprit le chemin du Bastion. Il longea les quais de Seine. Dépassa le jardin des Tuileries et la place de la Concorde. Agacé. La capitale étouffait. Trop de voitures. Trop de vacarme. Trop de pollution. Il remonta le boulevard Malesherbes, atteignit la porte d'Asnières, fila en direction de Clichy. Il coupait le contact au deuxième sous-sol du 36 quand Steph le contacta par téléphone.

— Luc, t'es dans le coin ?

— Je suis au garage, je viens de rentrer.

— On a peut-être quelque chose, magne-toi.

27

— C'est à propos de la collection de cartes SIM d'Obadia, commença l'Italien.

Dix-huit cartes avaient été saisies au domicile de la prostituée. Elle changeait de ligne en permanence – réflexe de sécurité, selon Pernet – et conservait ses anciennes puces par habitude.

— Qu'est-ce que vous avez trouvé ? demanda Luc.

— Sur les fadettes, continua Steph, beaucoup de numéros sont associés à des faux noms. Mais il y a celui-ci…

Il en montra un sur une liste.

— Il est attribué à qui ?

— Pas de vrai nom, c'est un toc. Mais on a croisé les numéros des fadettes avec tous ceux qui apparaissent en procédure. Et ça a matché.

— Ça correspond à qui ?

— Luis Gimenez, le gardien d'immeuble, répondit Foto. Obadia et lui étaient en relation téléphonique. SMS et appels. Ça remonte à un an et demi, et c'était sur une ligne qu'elle a résiliée à la même période.

Delmas eut un frisson désagréable. Steph reprit la parole :

— On a donc un lien direct entre le témoin du meurtre de Chakiri – Luis Gimenez – et Magali Obadia, autre victime qui vit à cinq cents mètres… Si on ajoute à ça que Chakiri est mort devant l'immeuble de Gimenez, ça fait beaucoup pour un seul homme.

Steph et Foto souriaient, fiers de leur trouvaille. L'Italien se lança :

— Luc, j'ai relu ton audition. Tu as interrogé Gimenez sur Obadia en lui donnant son adresse et son métier. Il a répondu qu'il connaissait la rue Botticelli, mais aucune femme, encore moins prostituée, du nom de Magali Obadia. Étonnant… en plus d'utiliser un numéro fantôme, ce qui est déjà louche.

Sarah se tourna vers Foto.

— Si Gimenez est mouillé, pourquoi il aurait gardé le même numéro ? Et il le donne en audition, en plus…

— Parce que ces mecs sont mauvais, trancha Steph. Les Kouachi ont été assez cons pour laisser leurs papiers d'identité dans la voiture. Les kamikazes du stade de France ont fait une seule victime alors qu'ils avaient des bombes. Et ceux du Bataclan… Kalach, ceintures d'explosifs. Quatre-vingt-dix morts sur mille cinq cents personnes. Tu parles d'un bilan… Et ça concerne tous les terroristes, pas que les islamistes.

Dans l'esprit de Luc, un schéma narratif se mettait en place. Le flic développa mentalement son idée.

Premier acte. Luis Gimenez était un client d'Obadia. Elle le recevait chez elle, et leur relation avait pu dégénérer. Peut-être était-il celui qui l'avait traitée de « sale pute juive », selon les propos rapportés par Pernet. Elle décidait alors de couper les ponts. À la suite de ces faits ou par habitude, elle résiliait sa ligne.

Deuxième acte. La spirale meurtrière commençait, avec Gimenez dans le rôle de l'exécuteur. D'abord, Chakiri. Le gardien sortait de chez lui, abattait le dealer et regagnait sa loge. Un crime éclair. Il appelait le 17, racontait qu'il avait entendu un coup de feu, qu'il était sorti et avait aperçu le tueur. Une mise en scène.

Troisième acte. Freddy Weiss. Gimenez prenait de l'assurance. Il mettait en place un mode opératoire utilisant un scooter. Il se rendait dans un lotissement de gens du voyage et tuait le premier venu, ne visant personne en particulier, seulement la communauté.

Quatrième acte. Obadia. Gimenez savait qu'elle était de confession juive. Un vieux différend l'opposait à elle. Il la suivait et la supprimait. En l'éliminant, il faisait même d'une pierre deux coups.

Cinquième acte. Jean-Pierre Heurtet. Lui subissait le même sort que Weiss. Il avait la malchance d'être sur un lieu de rencontre gay au moment où Gimenez voulait y tuer quelqu'un. Il repérait deux homos dans une voiture, attendait que l'un d'eux sorte, et le descendait.

Aucune preuve définitive n'étayait encore ce scénario, mais l'ensemble se tenait. Luc exposa sa vision au reste du groupe.

— On était là-dessus aussi, dit Foto. Ça reste une construction intellectuelle, il va falloir creuser sur Gimenez.

— Je vais voir Martial, conclut Luc, pressé.

Peu après, le patron le recevait. Il avait retiré sa cravate et déboutonné sa chemise. Son allure s'écornait, il paraissait soucieux. En poste à la BC depuis seulement dix jours, il récupérait sans doute l'affaire la plus complexe de ces dernières années. Il écouta la démonstration.

— C'est intéressant.

Delmas s'attendait à plus d'enthousiasme, même s'il devait reconnaître que l'option Gimenez demeurait hypothétique.

— Vous êtes fatigué ? osa-t-il.

— J'ai connu des nuits de meilleure qualité, mais ça va aller. Pour Gimenez, ça expliquerait beaucoup de choses.

Luc compléta, affirmatif :

— D'abord, l'absence de scooter pour Chakiri. Le type était sur place et n'avait que dix mètres à faire.

— Vous parliez d'un coup d'essai pour Weiss, mais ce serait plutôt Chakiri, le coup d'essai.

— Absolument. Le premier crime a pu servir à ça. Gimenez est resté près de chez lui, dans sa bulle de confort. Il a voulu tester sa capacité à passer à l'acte, il a choisi le plus simple. S'attaquer à un jeune dealer maghrébin devant son immeuble.

Martial eut l'air de se détendre. Il sourit.

— Vous nous faites de la psychologie criminelle ?

Luc sourit à son tour, puis poursuivit son exposé. Il était convaincu par cette piste. L'instinct.

— Ensuite, en appelant la police lui-même, il espérait se disculper, ce qui est plutôt bien vu. Il a joué le beau rôle, celui du témoin, pour se rendre insoupçonnable. C'est son côté manipulateur. Même chose pour la croix gammée. Du bidonnage.

— Il aurait donc inventé cette histoire de croix gammée lors de sa deuxième audition… Ça m'étonnait, aussi.

— Il l'a fait par calcul, pour attirer l'attention et recentrer le débat sur ses motivations, son idéologie, renchérit Luc, de plus en plus sûr de lui. La plupart des médias parlaient d'islamisme, ils adorent ça… Je crois aussi que c'est lui qui a rencardé la presse. Il avait déjà envoyé la vidéo.

— C'est possible… L'habit ne fait pas le moine, si c'est bien Gimenez. Je l'ai aperçu hier. Il n'a pas du tout l'allure d'un néonazi.

— Il paraît lisse, mais de nombreux autres avant lui ont tué avec le même air inoffensif.

Martial se leva et reboutonna sa chemise.

— Bien. Je vais en parler en haut et je reviens vers vous. On doit aller vite. Bon travail, Delmas.

28

Expertise psychiatrique – Entretien du 16/06/2022.
Retranscription et notes personnelles.

[…]

— Comment dois-je vous appeler ?

— Contentez-vous de me parler. C'est suffisant.

— J'aimerais que l'on aborde la notion de violence. Qu'est-ce que cette notion vous inspire ?

(Le sujet exprime physiquement une grande lassitude.)

— Vous me fatiguez. Je retourne dans ma cellule.

— Vous en êtes sûr ? Réfléchissez…

(Il se lève derrière la vitre de protection et va frapper à la porte en demandant qu'on vienne le chercher.)

— Je veux une pause. On verra tout à l'heure.

(Le côté manipulateur du sujet s'exprime nettement. Il veut imposer ses règles et agir comme il l'entend.)

[…]

(Il reprend place derrière la vitre. Il a regagné sa cellule pendant une quinzaine de minutes.)

— Est-ce que vous vous sentez mieux ?

— Je me sens bien, vous m'avez juste énervé. Je vous répète que je n'ai pas besoin d'un expert-psychiatre.

— C'est une bonne chose que vous acceptiez de me parler.

— Si je veux que ça s'arrête, ça s'arrêtera. Vous voir me permet de sortir de ma cellule. Ça me change les idées.

[…]

29

Le bâtiment de la police municipale d'Aulnay-sous-Bois se trouvait avenue Kleber. Vu de loin, avec son toit arrondi, il ressemblait à un demi-tonneau géant, couleur crème. La modernité de l'édifice contrastait avec les vieilles maisons du quartier.

Luc franchit le portail et se gara sur le parking ensoleillé. Depuis l'accueil, un policier l'accompagna au CSU, le centre de supervision urbain situé dans le prolongement des locaux. Delmas tenait à vérifier personnellement les données vidéo concernant Gimenez. Le reste du groupe étudiait en urgence la téléphonie du gardien d'immeuble.

— Patientez ici un instant.

L'agent lui désigna un espace d'attente. Peu après, une jeune fliquette se présenta, uniforme strict et cheveux blonds tressés.

— Commandant Delmas ?

Muni d'une réquisition, Luc exposa sa demande : récupérer des images de vidéosurveillance.

— Aucun problème. Suivez-moi.

Ils entrèrent dans un open space climatisé. Sur les murs, des dizaines d'écrans haute définition. Près de vingt opérateurs se tenaient derrière des pupitres. Ils observaient les images et possédaient aussi des mini-écrans devant eux. Chacun utilisait une manette pour contrôler à distance les caméras.

— Je n'étais jamais venu, dit Delmas.

— Les locaux sont neufs, il nous fallait un espace plus grand. On a trois cent vingt caméras à Aulnay.

— La municipalité est généreuse.

— Il n'y en avait que vingt il y a dix ans.

— Les temps changent, marmonna-t-il.

Ils prirent place au poste de la jeune blonde. Assis côte à côte, ils avaient face à eux trois moniteurs.

— Quelle adresse vous intéresse ?

— Le 29, rue Edgar-Degas, cité des 3 000.

— Aux 3 000, les caméras sont souvent dégradées. On les remplace, mais ça peut prendre du temps. Espérons pour vous qu'on ne tombe pas dans une mauvaise période. Deux caméras pourraient vous intéresser, mais elles sont assez éloignées du 29.

Une carte s'afficha sur un écran.

— La première est ici. (L'opératrice posa son index sur un point.) Intersection Edgar-Degas/Marco-Polo. La deuxième, là. (Elle désigna une autre zone.) Intersection Edgar-Degas/Christophe-Colomb.

Delmas savait qu'aucune d'elles ne ciblait l'entrée du 29. Volokine, qui avait cherché en vain des images du meurtre de Chakiri, l'en avait averti. Le commandant espérait que la configuration vidéo lui permettrait quand même de repérer un scooter.

— On commence par laquelle ? demanda-t-elle.

— Comme vous voulez.

— Allons-y pour Degas/Colomb. Quel créneau ?

— Il y en a trois. D'abord, le 30 mars entre 8 h 30 et 12 h 30. Ensuite, le 13 avril entre 21 h 30 et 1 h 30. Et pour finir, le 15 avril entre 5 heures et 9 heures du matin.

Il se garda de communiquer davantage de détails.

— Qu'est-ce que vous cherchez en particulier ?

— Un homme à scooter. Je saurai le reconnaître.

Luc se limitait pour l'instant à deux heures en amont et en aval de chacun des crimes. Il pourrait élargir au besoin. Rien n'indiquait que le tueur, Gimenez ou un autre, quittait son domicile juste avant chaque meurtre et y revenait immédiatement après. Il avait pu errer de longues périodes hors de chez lui.

— Qu'est-ce que vous préférez ? demanda l'opératrice. Je vous copie l'ensemble sur un disque dur ou on exploite ici ?

— On peut commencer ici.

— Voilà ce qu'on a pour le 30 mars.

Elle lança la lecture.

— C'est du « x 8 » en avance rapide.

— Vous ralentirez quand on verra un deux-roues. J'imagine que ce sont des caméras tournantes ?

— Oui. Il y a deux positions. Le changement est automatique toutes les trente secondes.

Ce système présentait l'avantage de couvrir plus de terrain. En revanche, il générait des trous dans la raquette. Chaque zone n'était filmée que cinquante pour cent du temps.

Luc avait étudié l'agencement des rues. Pour se rendre à Rosny depuis l'adresse de Gimenez, le plus naturel était de filer vers le sud-ouest pour récupérer la rue Paul-Cézanne. Avec de la chance, le scooter était passé sous la caméra en question.

Pendant trente minutes, ils scrutèrent les images. Sur les quatre heures, plusieurs deux-roues apparaissaient dans les deux sens de circulation. Après analyse de Luc, aucun d'eux ne réunissait les caractéristiques voulues.

— Ça devrait ressembler à ça.

Il montra à la fonctionnaire les clichés du poste de contrôle et de sécurité du centre commercial Domus, à Rosny. On y voyait le pilote du scooter et sa machine, noire et déplaquée.

— Passons à l'autre caméra, s'il vous plaît.

Les deux-roues sans plaque qui surgissaient dans le champ n'avaient rien à voir avec celui du tueur.

— Regardons le créneau suivant, dit Luc.

La fliquette maîtrisait le logiciel d'exploitation et le joystick avec rapidité. La lecture débuta au 14 avril 2022 à 21 h 30. L'ambiance était différente : des images de nuit, nimbées de la clarté artificielle des réverbères.

Pour le meurtre d'Obadia, le trajet Aulnay-Sevran le plus simple supposait de rouler plein sud par le cours Salvador-Allende. Là encore, les deux caméras pouvaient avoir capté le scooter s'il était parti du 29, rue Edgar-Degas. Ils étudièrent les images. La cité était plus calme qu'en journée. Moins de piétons, de mères de famille ou de circulation, mais beaucoup de jeunes en groupe ou sur des scooters, précisément.

Le téléphone de Luc vibra.

— Excusez-moi, dit-il en se levant.

Le commandant rejoignit un coin de la pièce.

— Tu avances ? lança Steph.

— Pour l'instant, rien. C'est confus. Beaucoup de scooters sur les images, et on n'a pas de garanties sur les créneaux.

— Eh bien, tu peux te ramener ici. Son téléphone borne sur les lieux de chacun des meurtres. On le suit à la trace.

Intérieurement, Luc exulta.

— Putain, que c'est bon !

— Ouais. Tu veux les horaires ? Comme ça tu pourras récupérer les bonnes images.

— Envoie.

Delmas les nota sur un papier et retrouva la blonde.

— Voilà ce qu'il me faut. Enregistrez le tout sur ce disque dur, s'il vous plaît.

Il posa l'objet sur la table.

— Tout de suite, répondit l'opératrice.

Toujours souriante, elle ne parut pas lui tenir rigueur de son ton directif. Excité, concentré sur la suite, le flic manquait de délicatesse. Vingt minutes après, il la remerciait, quittait le CSU et regagnait son véhicule. Avant de démarrer, il appela Martial, qui semblait pressé.

— Je viens de discuter avec vos hommes, dit le commissaire. Ça commence à sentir bon, cette affaire.

— Qu'est-ce qui a été décidé ?

— La BRI met en place un dispositif de surveillance aux abords du domicile de Gimenez. Je n'ai pas plus d'infos pour l'instant, tout se décide d'en haut. Je vous tiens au courant dès que j'en sais plus.

30

— La BRI a branché sa ligne et l'écoute a commencé à tourner, expliqua Foto à Luc, revenu au Bastion. Pour l'instant, il borne en continu sur une même antenne-relais à la cité des 3 000. Il est sûrement chez lui.

— Depuis quand ?

— Lundi après-midi. Après son audition ici, il a l'air d'être rentré directement et ça fait trois jours qu'il n'a pas bougé. La BRI verrouille tout, avant et arrière de l'immeuble. Il est fait comme un rat, c'est une question d'heures.

— Espérons.

— Gimenez a toujours gardé son portable allumé sur lui, pour chacun des quatre meurtres. On peut reconstituer son parcours à la minute. Soit il se croit au-dessus du lot, carrément intouchable, soit au fond il a envie de se faire serrer.

— Il y a un trajet pour l'enveloppe postée dans le 77 ?

— Oui. Le dimanche, un aller-retour Aulnay-Saint-Mard entre 18 et 19 heures. La poste était fermée à ce moment-là, il a dû laisser le pli dans une boîte aux lettres.

Steph se tourna vers Luc.

— Tu as les vidéos du CSU d'Aulnay ?

Delmas lui tendit le disque dur.

— On va se partager le boulot à trois, dit Sarah.

En croisant les bandes avec les données géolocalisées, ils pourraient peut-être isoler de nouvelles images du tueur. Ils possédaient maintenant une chronologie fiable, leur évitant de chercher à l'aveugle comme Luc l'avait fait à Aulnay.

Le commandant s'installait à peine derrière son ordinateur quand Martial vint lui rendre visite. Le commissaire lui parut en meilleure forme que plus tôt dans la journée.

— Les pontes viennent de se réunir. Il y avait tout le monde, y compris le ministre de l'Intérieur.

Delmas sourit et lança, ironique :

— Nos supérieurs valident la piste Gimenez ?

— Bien entendu.

— Quel est le programme ?

— Son domicile est cerné. S'il sort d'ici demain matin, on l'interpelle. À défaut, on entre chez lui à 6 heures.

— Avec quels effectifs ?

— Le Raid sera de la partie, avec la BRI. On aura en appui la CDI[37] 93, les BAC et patrouilles locales et des renforts CRS. La BRI s'est chargée de repérer les lieux. La loge de Gimenez est un T2 de trente-cinq mètres carrés avec trois ouvertures sur l'extérieur : la porte d'entrée, la fenêtre de la pièce à vivre et celle de la chambre.

— Il y a une cave ?

— Oui. Chaque appartement en a une. Les deux fenêtres de Gimenez donnent sur l'arrière de l'immeuble. C'est une aire de jeux pour enfants qui ressemble à un terrain vague.

Peu après, Tomasini et sa flamboyante moustache pénétraient dans le bureau. Deux auréoles de transpiration s'étaient formées sous ses bras. Sa chemise, déboutonnée, manches remontées au niveau des coudes, ressemblait à un chiffon mouillé.

— C'est à propos du casque, annonça-t-il, l'air satisfait.

Le groupe Tomasini, avec des renforts, essayait depuis plusieurs jours de réunir des informations auprès des revendeurs du modèle utilisé par le tueur.

Le Corse fit une pause pour souffler une seconde et s'éclaircir la voix.

— C'est un casque modulable de marque Skyliner, reprit-il. Il est commercialisé depuis six ans et existe en noir et bleu foncé, disponible en quatre tailles. Impossible de savoir laquelle il utilise, ni la couleur. Ça peut être du bleu foncé comme du noir, les tons sont proches. On a remonté cinq années. On attend encore des réponses, mais ceux qui ont payé par carte ont été identifiés. La SAT a vérifié les profils sensibles : les tireurs sportifs, les casiers chargés, les militaires, les fondamentalistes musulmans, l'extrême droite… Rien de convaincant. Et surtout, pas de Luis Gimenez dans la liste.

— Tu l'as quand même retrouvé, devina Luc.

— Oui. Il fallait remonter plus loin dans le temps. Gimenez a un compte chèque, le même depuis quinze ans. Pour la date du 27 août 2016, on a une dépense à l'enseigne Planète 2 roues à Montargis : cent vingt euros pour l'achat d'une paire de gants et d'un casque. Un Skyliner noir taille L, avec des bandes jaunes.

Le Corse était tout sourire.

Le trio fut prié de monter dans le bureau du numéro un de la PJ, pour une réunion de cadrage avant l'intervention. Ils étaient onze autour de la table en plus du patron de la Crim'. Adjoints, chefs de section et quelques chefs de groupe dont Delmas et Tomasini. Le chef de la PJ annonça que deux cents hommes étaient mobilisés pour l'opération. La SAT gérerait la garde à vue de Gimenez. À présent, le groupe Delmas n'interviendrait plus qu'en second plan, même s'ils étaient prévus sur le dispositif du lendemain. *Idem* pour Tomasini.

Au terme de la présentation, Delmas regagna les locaux de son groupe et demanda où en était l'exploitation vidéo.

— On a tout, dit Sarah.

— C'est-à-dire ?

— Des images pour les trois derniers meurtres, viens voir.

Luc alla s'asseoir à côté d'elle. Guigui, qui venait d'arriver aussi, se posa avec eux face à l'écran.

— La caméra essentielle est celle située à l'intersection Edgar-Degas/Marco-Polo, déclara Sarah. Il n'y a rien sur l'autre. Gimenez part de chez lui toujours du même côté, en direction du sud.

Elle activa la lecture.

— Regardez ici. C'est la rue Marco-Polo.

On voyait une rue en perspective. Luc jeta un coup d'œil à l'affichage. Le 30 mars à 8 h 12.

— Observez bien tout au fond, dit-elle.

Un scooter déboula dans la rue. Il remonta jusqu'à passer sous la caméra. On ne voyait pas les motifs du casque, mais le signalement du conducteur et de la machine étaient les bons.

— C'est lui, jubila Luc.

— Oui, sûr à cent pour cent. Et voilà le retour.

Elle avança à 15 h 36, le même jour. Gimenez repassait sous l'objectif puis virait à gauche au bout de la voie.

— Où est-ce qu'il tourne ?

— C'est un parking au 6, rue Marco-Polo. Et au bout de ce parking, c'est l'aire de jeux derrière son immeuble. Il part de là-bas. C'est à cet endroit qu'il doit planquer le scooter.

Elle enchaîna avec le 13 avril.

— Il sort du même endroit à 20 h 44. Retour à 23 h 54, peu de temps après avoir tué Obadia.

Elle montra les images correspondantes. Enfin, elle sélectionna une dernière séquence, datée du 15 avril.

— Pour Heurtet, on n'a que le retour à 7 h 24 du matin. À l'aller, la caméra devait être tournée dans l'autre sens. Et voilà.

— Joli travail ! dit Guigui.

31

2 heures du matin.

L'affichage fluorescent du réveil semblait le narguer, comme s'il murmurait : « Tu vas me regarder longtemps avant de réussir à fermer l'œil. » Luc songeait à l'opération programmée à 6 heures. Il n'avait pas compris ce choix. Selon lui, il aurait fallu taper Gimenez la veille, sans attendre. Au pire, au milieu de la nuit, pour renforcer l'effet de surprise. Le parquet anti-terroriste et la hiérarchie en avaient décidé autrement…

Il se leva et prit une seconde douche bien chaude. Pas très écologique, mais il devait provoquer le sommeil. De retour sous les draps, il fit des exercices de respiration et mit un jazz léger. Wes Montgomery. La tension ne retombait pas. Le tueur accaparait son esprit.

En un jour, ils avaient atteint ce qu'il appelait le « point de basculement » d'une enquête. Ce moment où une information agit comme un puissant révélateur. De la position « off » l'interrupteur passe sur « on ». Et la lumière jaillit.

Luc éprouvait presque un vertige. La dimension inter-services de l'affaire Gimenez dépassait tout ce qu'il avait connu auparavant. Son groupe n'était plus qu'un petit rouage de la machine investigatrice. Normalement, être noyé dans la masse aurait dû le rassurer. C'était le contraire. Face au déferlement – policier, médiatique, politique – et au caractère exceptionnel de la situation, il ressentait un stress inédit qui le rendait insomniaque. Qu'est-ce qui le gênait tant ?

Il visualisa l'intervention. Les forces engagées. Il pensa au scooter. D'après la BRI, aucun deux-roues n'était garé nulle part. Pourtant, sur la vidéo, Gimenez quittait son immeuble en déboulant de la zone arrière, au niveau des jeux pour enfants et du parking. Où le planquait-il ? Dans les caves ? Ou alors, leur homme n'était pas chez lui… Mais son téléphone bornait dans le secteur. Était-il parti en laissant son appareil dans sa loge ? Dernièrement, il ne s'en était jamais séparé… Ils obtiendraient les réponses au lever du jour.

Plus tôt dans la soirée, Luc avait appelé l'officier responsable du dispositif de surveillance. Il n'y avait rien à signaler autour du domicile. Les volets clos ne laissaient entrevoir aucune lumière. Pas de scooter. Pas de mouvement autour du 29.

Il s'interrogeait sur Gimenez, un homme inconnu des services de police. Il s'était radicalisé en silence, sans soubresauts ni signes avant-coureurs. En réalité, il y en avait eu d'autres comme lui, pas seulement en matière de terrorisme.

Luc finit par s'endormir. Le jazz de Montgomery jouait toujours. Trente-cinq minutes après, la sonnerie du téléphone le ramena au réel. Sans doute la nuit la plus courte de sa vie.

En quelques secondes, il fut sur pied, parfaitement réveillé. Le cœur battant et le manque de sommeil déjà oublié. La montée d'adrénaline dominait tout.

32

Cité des 3 000. 6 heures.

Rue Edgar-Degas, l'éclairage des réverbères colorait les façades d'un vernis orangé. Une luminosité froide, artificielle. En face, le parking se perdait dans l'obscurité. Silence total. Et cette sensation de temps immobile, d'action imminente.

Une colonne du Raid progressait le long du numéro 29. Les huit hommes avançaient à pas de velours, tels des félins en chasse. Luc, son équipe et les gars de la SAT attendaient derrière les arbres et les véhicules. Le commandant sentait la pression monter en lui, comme avant chaque interpellation sensible. Non loin, il pouvait apercevoir le dispositif du Raid : monospaces et véhicules utilitaires, avec chacun leur spécificité. Armurerie. Soins médicaux. Poste de commandement opérationnel. Fondus dans le paysage urbain, des snipers dominaient la scène.

Le directeur de la PJ avait reçu l'appel d'une journaliste pendant la nuit. Elle affirmait savoir qu'une opération se préparait, sans connaître ni l'heure ni le lieu. Il avait néanmoins été décidé de renforcer la sécurisation en fermant la rue dans les deux sens.

Luc observait les agents se rapprocher. Autour de lui, personne ne parlait. Les hommes d'élite pénétrèrent dans l'immeuble. Puis un monstrueux craquement rompit le silence. La porte de

Gimenez venait de céder sous l'effet du door-raider[38]. Il y eut des éclats de voix. Entrée en force.

— Appartement vide, annonça une voix dans son oreillette.

Gimenez était absent. Exactement ce que Luc avait redouté. D'autres agents investirent rapidement le bâtiment. Brigade cynophile. Déminage. Ils confirmèrent que les lieux étaient sûrs. Les enquêteurs de la Crim' entrèrent à leur tour. La SAT se chargerait de la perquisition.

Luc et son groupe gagnèrent les étages. Ils se scindèrent en deux équipes pour toquer aux portes et interroger les résidents. Prudence maximale, au cas où – infime possibilité – Gimenez se soit réfugié en catastrophe dans un appartement « ami ».

Au premier, le commandant et Guigui eurent affaire à une vieille dame en peignoir. Les cheveux ébouriffés, elle lâcha :

— Mais, enfin, c'est un brave homme, M. Gimenez !

Elle ne put rien leur apprendre d'utile et disparut après avoir répété que le gardien était gentil et serviable.

Le locataire d'à côté, un homme maigre en caleçon et T-shirt, la cinquantaine, semblait au contraire bien réveillé.

— M. Gimenez ? Je connais, oui.

Guigui l'interrogea sur les parties communes de l'immeuble.

— Il a les clés de toutes les caves. Il s'en sert si des ouvriers ont besoin d'y accéder pour des travaux. On lui fait confiance.

— Nous cherchons ce monsieur.

Le locataire ne savait pas où Gimenez pouvait se trouver. Au fil de leur progression, Luc informait Martial, resté au rez-de-chaussée.

Ils terminèrent les trois premiers niveaux. Une femme dit avoir déjà vu le gardien conduire un scooter. Elle ignorait s'il lui appartenait ; après tout, la moitié des scooters du quartier était d'origine douteuse. C'était une remarque pertinente… La SAT avait répertorié les T-Max signalés volés sur la période récente. Rien que pour Paris et l'Île-de-France, on en dénombrait des centaines.

Un couple disert expliqua que Luis Gimenez utilisait deux locaux techniques. L'un, accessible depuis l'extérieur, côté jeux pour enfants, servait à entreposer du matériel de jardinage. La BRI avait repéré une porte attenante aux fenêtres du gardien, cadenassée, qui pouvait correspondre. Le second local se situait au – 1.

Luc et Guigui regagnèrent le niveau de la rue. Des policiers en tenue surveillaient l'escalier et l'ascenseur pour barrer la route aux curieux. Foto, Sarah et Steph avaient achevé leur tour des résidents de la partie haute du HLM.

— RAS, dit Sarah. Juste des commentaires pour dire qu'il faisait bien son boulot.

Martial téléphona à Luc.

— Delmas, venez derrière, sur l'aire de jeux.

Le jour se levait. Près du poste de commandement, Luc identifia plusieurs autorités. Le gotha de la police, le procureur anti-terroriste, le préfet, des membres de cabinets ministériels et une députée de la Seine-Saint-Denis.

À l'arrière, la SAT avait installé des projecteurs qui éclairaient la façade, braqués sur la porte de la remise. Des enquêteurs en civil s'agitaient dans le halo de lumière. Des airs de scène de crime. Luc observa les étages : des visages derrière les fenêtres, des téléphones qui filmaient… Les images atterriraient sur les réseaux sociaux et les chaînes d'info dans la matinée.

Des commissaires de la PJ et de la DGSI discutaient en comité restreint. Parmi eux, Martial, qui interpella Luc :

— Venez voir, Delmas !

Le groupe Delmas s'approcha. Sur la porte en métal, on avait sectionné les cadenas. Dans le réduit saturé d'outillages et de bric-à-brac, des agents de l'IJ en combinaison s'activaient.

— Regardez à gauche, dit Martial.

Luc aperçut un scooter. Un T-Max noir.

— C'est le bon ?

— On dirait bien. Et on a ça, au fond.

Le commissaire pointa son doigt vers des rayonnages. La lumière crue révélait un casque noir orné de bandes jaunes.

— On y est, fit Luc, sans parvenir à s'enthousiasmer.

Sarah dut lire dans ses pensées.

— C'est bien, mais Gimenez est toujours dans la nature.

33

7 h 30.

Les cinq policiers retournèrent devant l'immeuble. L'animation avait attiré des badauds et une poignée de journalistes équipés de caméras, stoppés par le barriérage. La cité des 3 000 se réveillait.

Dans le hall, Luc questionna un officier :

— Vous en êtes où ?

— On doit faire attention où on met les pieds. On a trouvé des produits : du matos pour fabriquer des explosifs.

Delmas grimaça en imaginant Gimenez dans Paris, introuvable, avec de quoi faire sauter une synagogue.

— Dès que tout sera vérifié dans les sous-sols, ajouta l'autre, on pourra s'attaquer aux caves.

Luc pénétra dans l'appartement. Les collègues de la SAT étaient toujours en perquisition. Un OPJ occupé à vider un meuble du salon lui adressa un sourire.

— Ça avance ? lui demanda Delmas.

— Oui, mais on n'a pas d'armes ou d'éléments qui le relient directement aux meurtres. Son téléphone est là, allumé. Il n'y a pas d'ordinateur ni de GoPro. Il doit avoir une autre planque. Mais c'est lui, le tueur, c'est sûr à cent pour cent.

— Le scooter et le casque, hein ?

— Entre autres. Va dans sa chambre, ça vaut le détour.

Luc parcourut la loge. Linge sale et sacs-poubelle s'accumulaient partout. Près de la télé, au sol, une collection de CD et DVD prenait la poussière. La table basse, poisseuse, était couverte de restes de nourriture et d'emballages vides. Si Gimenez était réputé pour prendre soin des communs, il en allait tout autrement ici. Cette facette du gardien n'était connue de personne : les résidents interrogés avaient assuré qu'il n'invitait jamais quiconque à entrer chez lui.

La salle de bains et la cuisine, que Luc aperçut sans y entrer, reflétaient le même désordre. Dans le corridor, des cartons s'empilaient par dizaines, comme si Gimenez venait d'emménager. Il vivait pourtant ici depuis des années. Le carrelage collait sous les semelles.

Il pénétra dans la chambre. Petite, sombre, avec d'épais rideaux obturant la fenêtre. Un enquêteur muni de gants se concentrait sur le contenu d'une étagère. Delmas remarqua immédiatement l'objet ostentatoire accroché au-dessus du lit : un drapeau du Reich, immense, se déployant sur tout le mur. Fond rouge. Disque blanc. Croix gammée noire. La folie idéologique de Gimenez se matérialisait là, dans cette chambre mal éclairée puant le renfermé. La voix de l'OPJ résonna derrière Luc :

— C'est un vrai, lança-t-il.

Le commandant se retourna.

— Quoi ?

— Le drapeau nazi. Il est d'époque. J'ai vérifié le marquage du fabricant brodé dessus. C'est allemand.

Luc observa l'étendard de plus près. Élimé, déchiré par endroits, encrassé par le poids de l'histoire et des décennies.

— Un vrai musée, reprit l'agent.

Il lui fit une visite guidée.

— Ici, ce sont des casques de l'armée du Reich.

Le long du mur, Luc découvrit trois casques en acier vert sombre, piquetés de rouille, frappés de l'emblème nazi.

— On a aussi une tenue complète.

Le collègue de la SAT ferma la porte, et un mannequin apparut, vêtu d'un uniforme noir. Tout y était. Pantalon. Veste. Cravate. Casquette. Bottes. Un authentique uniforme de SS. Des insignes et décorations parachevaient l'ensemble. Avec ce sinistre attirail, le visage désincarné du mannequin faisait froid dans le dos.

— C'est du délire, souffla Luc.

— Il y a aussi des armes d'époque.

L'OPJ désigna l'étagère. La partie inférieure était masquée par un rideau noir. Il écarta l'étoffe.

— Deux fusils, trois pistolets, des munitions, des grenades, une dague, des obus. Tout a l'air neutralisé.

Delmas soupira, sans rien dire.

— Et pour finir, la vitrine derrière toi.

Le dernier pan de mur accueillait un meuble-bibliothèque rempli d'objets protégés par une vitre. Luc resta bouche bée devant l'effroyable collection. Écussons, plaques, brassards, aigles héraldiques, boucles de ceinture à tête de mort, gants et casques de la Waffen-SS, médailles, fanions à croix gammée, affiches, tracts de propagande, bustes d'Hitler, portraits de soldats…

— Putain, souffla Luc.

— Le plus glauque se trouve sur le rayon du bas.

Delmas aperçut deux bonbonnes verdâtres à étiquette jaune, qui ressemblaient à de vieilles boîtes de conserve.

Il s'agenouilla et lut l'inscription, incrédule :

— « Zyklon B »… Le gaz des camps de la mort.

Une petite boutique des horreurs. Luc songea aux millions d'hommes et femmes – Juifs, Tziganes, homosexuels, opposants, handicapés, prisonniers de guerre… – exterminés ou persécutés par les nazis… Les déportés, les expériences scientifiques sur des cobayes humains… Et malgré tout, en 2022, il existait encore des fous furieux capables de s'enthousiasmer pour ces monstruosités. Intérieurement, le commandant enrageait.

— J'ai déjà vu ça en Alsace, expliqua le collègue. On avait serré des profanateurs de cimetière néonazis. L'un des auteurs avait chez lui ce genre de trucs, mais pas en aussi grand nombre. Ça doit valoir une fortune.

— Et il a laissé son trésor sur place…

L'OPJ acquiesça d'un air grave.

— Peut-être parce qu'il n'a plus rien à perdre.

34

8 heures. Niveau - 1.

Les portes d'accès aux caves se succédaient le long d'un couloir éclairé par des néons. On avait retrouvé les doubles des clés dans l'appartement de Gimenez. L'intéressé pouvant circuler partout, il fallait les perquisitionner une à une.

Les experts en déminage avaient donné leur feu vert. Le premier groupe de la SAT se chargerait des cinq premières caves, dont celle du gardien. Le second prendrait les cinq suivantes. Enfin, les quatre dernières et le local technique reviendraient au groupe Delmas.

Guigui, en binôme avec Foto, annonça :

— On prend la 11 et la 12.

— Steph et moi, les deux d'après, dit Sarah.

— OK, je m'attaque au local, conclut Luc.

Il fit jouer la clé dans la serrure, poussa la porte. Elle grinça. Il pressa l'interrupteur et les néons clignotèrent avant d'illuminer l'espace. Aussitôt, il découvrit un fatras d'objets hétéroclites : vieil électroménager, meubles, pneus, cartons, vélos, jouets d'enfants, poussettes, rollers… L'ensemble formait une muraille dressée jusqu'au plafond. Sur la droite, un tapis aux motifs chamarrés était suspendu dans le sens de la hauteur, comme s'il avait été mis à sécher. Luc l'écarta en le tirant vers lui. Le tissu dissimulait un espace mal éclairé d'un mètre cinquante de haut. Il y braqua le faisceau de sa Maglite.

Il aperçut au fond un panneau en contreplaqué positionné verticalement. S'avançant jusque-là en se baissant, Luc comprit que ce panneau coulissait : un autre espace se révéla alors à l'arrière de la cave. Prudent, Luc resta sur le seuil. Il faudrait que le déminage vienne contrôler l'endroit de plus près. Le cœur battant, il se contenta de regarder ce qui l'entourait.

Sur la gauche, un meuble où reposaient un ordinateur, une imprimante et un scanner. À droite, une bibliothèque avec plusieurs dizaines de livres et magazines traitant de terrorisme, de nazisme, de la Seconde Guerre mondiale… Luc dénombra cinq ouvrages se rapportant au même sujet : *Mon frère, ce terroriste* d'Abdelghani Merah et Mohamed Sifaoui ; *168 heures chrono, la traque de Mohammed Merah*, écrit par Hugues Moutouh, conseiller spécial auprès du ministre de l'Intérieur ; *Merah, l'itinéraire secret* et *Affaire Merah*, deux enquêtes journalistiques ; *Mort pour la France* de Latifa Ibn Ziaten, mère de l'une des victimes. Delmas sourit. Toujours se fier à ses impressions de départ…

À côté, un placard métallique ouvert en grand renfermait cinq ou six armes de poing identiques : des Glock 17, le modèle utilisé par Gimenez. Plus loin, enfin, se trouvait un appareil photo sur trépied placé devant un fauteuil en cuir marron : un ministudio d'enregistrement. Il y avait une GoPro, des clés USB, des disque durs… Nul doute qu'on découvrirait ici des vidéos « Gimenez-face-caméra » à exploiter.

Delmas transpirait. Sur le fauteuil, il aperçut un bloc de pages reliées de la taille d'un annuaire. Avec, sur le dessus, les mots suivants : « Manifeste 2022 ».

Il songea à Anders Breivik. Avant de commettre son carnage, le terroriste norvégien avait envoyé par mail à des centaines de destinataires un manifeste de mille cinq cents pages censé expliquer sa pensée. Ce texte confus, ramassis informe de copiés-collés, de digressions anti-islam, racistes et pro-Occident, s'intitulait *2083, une déclaration d'indépendance européenne*. Luis Gimenez aimait puiser chez ses prédécesseurs.

La voix de Steph résonna derrière l'amoncellement d'objets bouchant l'entrée de la cave.

— Luc, t'es où ?

— Au fond. Il y a un passage derrière le tapis.

— Tu as trouvé quelque chose ?

— Oui, on peut dire ça.

Vers 16 heures, les équipages de police quittèrent les 3 000. À l'extérieur, curieux, journalistes et jeunes en survêtement tentaient d'approcher, massés par dizaines derrière les cordons de sécurité. La cité bouillonnait.

Assis au volant, Luc fit une revue des chaînes d'info avant de démarrer. Les images du quartier cadenassé par les forces mobiles occupaient l'espace médiatique. On évoquait une arrestation imminente ou un individu retranché chez lui.

Les journalistes étaient loin du compte.

Gimenez courait toujours.

35

Le groupe Delmas ne s'était accordé qu'une courte nuit avant de revenir travailler aux aurores. La veille, l'état-major avait confié aux cinq flics l'exploitation du *Manifeste 2022* : « une tartine de gerbe », avait prévenu Steph en remettant ses conclusions à Luc.

Sur près de mille pages, le néonazi – Gimenez se qualifiait ainsi dans ses écrits et vidéos – accumulait les poncifs racistes, homophobes, misogynes et antisémites. L'homosexualité y était présentée comme une « pratique sexuelle frénétique » ou une « mode gauchiste dangereuse pour la survie de l'espèce ». Africains et Arabes y apparaissaient comme des « envahisseurs » ou des « parasites pauvres d'esprit, incapables de contribuer au progrès de l'humanité ». Un dessin opposait une hutte africaine à un gratte-ciel de Manhattan, avec pour légende : « Deux mille ans d'évolution, deux régions du monde : Afrique noire et Occident blanc ». Pour Gimenez, les Juifs, des « manipulateurs-nés », avaient « mérité la Shoah »… Enfin, il soutenait que les femmes n'étaient pas faites pour exercer le pouvoir. Il les rendait coupables de « l'affaiblissement de la société » et de la « dévirilisation des mâles », considérant MeToo comme une « vaste arnaque ».

Dans un Bastion devenu QG anti-terroriste, cent cinquante enquêteurs travaillaient non-stop depuis la descente chez

Gimenez. Si l'opération n'avait pas permis son interpellation, les éléments saisis ouvraient des voies de recherches. À tous les étages, on espérait la même issue : arrêter ce malade avant qu'il ne poursuive son carnage. Le risque de récidive était majeur.

Vers 13 heures, Luc entamait son sandwich quand il ouvrit un mail de Martial. En pièce jointe, un rapport de synthèse sur l'avancée des recherches. Le commandant lut le document en entier puis s'arrêta sur les passages marquants.

> [...]
>
> Sur l'une des sept clés USB retrouvées dans la cave, une pièce grossièrement aménagée en studio vidéo, vingt-trois fichiers intitulés « ma mission » laissent apparaître Luis Gimenez se filmant face à l'objectif. Pendant un cumul de deux heures et trente-deux minutes, l'homme – qui porte un brassard orné d'une croix gammée – affirme être l'auteur des meurtres de Magali Obadia, Freddy Weiss, Osman Chakiri et Jean-Pierre Heurtet.
>
> [...]
>
> Luis Gimenez détaille chaque meurtre et illustre ses propos d'images des exécutions filmées par lui-même. Il explique les avoir envoyées à la presse pour médiatiser ses actes. Il confirme les mobiles établis en amont par les enquêteurs : antisémite pour Obadia, antimusulman pour Chakiri, homophobe pour Heurtet et haine des gens du voyage pour Weiss.
>
> [...]
>
> Ses justifications reposent sur des théories du complot telles que le « grand remplacement » ou « Eurabia ». Dont Gimenez cite à plusieurs reprises les auteurs,

Renaud Camus et Bat Ye'or. Il dit redouter une « invasion musulmane » en France et en Europe et accuse la classe politique d'être complice d'un « plan caché de destruction de l'Occident ».

[...]

Des références à Hitler parsèment son discours. Les Juifs, les Tziganes et les homosexuels sont présentés comme des « parasites » et des « sous-hommes ». Des personnalités qu'il apprécie sont citées, tels Éric Zemmour (dont des extraits de discours sont utilisés) ou Donald Trump.

[...]

Luis Gimenez dit s'inspirer de terroristes l'ayant précédé. Il présente Mohammed Merah comme un modèle opérationnel, tout en rappelant qu'il était « un musulman ennemi des Blancs et des chrétiens ». Le contenu du *Manifeste 2022* démontre aussi son admiration pour Anders Breivik, le tueur de masse de l'île d'Utøya en Norvège, ou Brenton Tarrant, celui de la mosquée de Christchurch en Nouvelle-Zélande.

[...]

Parmi les nombreux livres de propagande raciste, xénophobe, antisémite et homophobe découverts chez Gimenez, on constate la présence des ouvrages des révisionnistes Robert Faurisson, Paul Rassinier et Maurice Bardèche.

[...]

Un *cinglé*. Delmas ne voyait pas meilleur mot pour qualifier Gimenez. Il imaginait le magma fétide qui devait bouillonner sous son crâne. En visitant l'appartement et la cave du gardien, le policier avait été frappé par la pulsion de haine, prégnante, qui hantait les lieux. Le produit d'une idéologie primaire, violente, absurde. Quelle trajectoire de vie avait pu suivre Gimenez pour tomber si bas ? Par-delà l'abomination, Luc s'interrogeait sur les causes de sa dérive.

Ce cas démontrait combien les apparences pouvaient mystifier les enquêteurs. Delmas avait reçu Gimenez et l'avait eu face à lui pendant plus d'une heure. Jamais il n'aurait pu imaginer ce petit bonhomme grisâtre dans la peau d'un tueur. Gimenez avait su manipuler son monde.

Luc avait toutefois vu juste à propos de la fable de la croix gammée servie par le gardien, qui expliquait en vidéo que cette invention fantaisiste visait à réorienter l'attention médiatique. Il considérait que la police privilégiait trop la piste islamiste aux dépens de la véritable cause qu'il défendait.

Quelle serait la suite ? Quel dessein morbide ce tordu était-il capable de concevoir ? Le rapport que Delmas avait sous les yeux suggérait un début de réponse.

> […]
>
> Sept pistolets automatiques de modèle Glock 17 – complets et rangés chacun dans une mallette avec chargeur de rechange – ont été découverts. Après rapprochement balistique, il ressort que deux d'entre eux sont les armes utilisées pour les meurtres de Weiss et Obadia. Trois mallettes ont été retrouvées vides, il est donc très vraisemblable que Gimenez transporte actuellement les trois pistolets manquants.
>
> […]

Dans la pièce principale de l'appartement était entreposé un sac de cinq cents grammes d'explosif de type Anfo en granulés, ouvert et entamé. Ce mélange de nitrate d'ammonium et d'huile minérale est traditionnellement utilisé dans les carrières ou les chantiers de démolition.

[…]

L'Anfo étant un explosif de sensibilité réduite et inadapté aux détonateurs, il nécessite l'emploi d'un produit complémentaire dit « booster ». Des cartouches de gel aqueux explosif industriel, saisies dans la cave de Gimenez, pourraient constituer le booster nécessaire à la détonation de l'Anfo.

[…]

Si Gimenez déambulait avec calibres et explosifs, on pouvait redouter une attaque n'importe où, n'importe quand. Vu ses cibles précédentes et son inclination à imiter ses aînés, les objectifs ne manquaient pas. École juive ? Mosquée ? Campement rom ? Club gay ? Commerce communautaire ? Locaux d'un journal ou d'une chaîne TV ? La production vidéo et manuscrite du criminel ne laissait entrevoir aucun indice.

Luc eut un flash : cette nuit apocalyptique de novembre 2015. Le Bataclan, les terrasses de café du 11e arrondissement… Les corps, le sang, les pleurs, le traumatisme enraciné pour des années. Tous les policiers de Paris ou presque avaient été mobilisés en urgence ce soir-là, dont évidemment la brigade criminelle. Il n'avait aucune envie de revivre pareil moment.

Et pourtant… Bien que tous les lieux sensibles aient vu leur niveau de sécurisation drastiquement relevé, Luc avait la certitude qu'un attentat d'envergure était sur le point de se produire. Type voiture ou bagage piégé. Il en frissonnait d'avance.

> [...]
>
> Dans une vidéo intitulée « le bouquet final », la dernière enregistrée selon l'horodateur numérique, Gimenez déclare : « Ça va être un feu d'artifice, du lourd, je vous le garantis. » L'homme accompagne son annonce d'un salut nazi. Il conclut par ces mots : « Vous allez me voir à la télé et on s'en souviendra pour toujours. »
>
> [...]

Luc réfléchit à l'aspect logistique. D'abord, comment Gimenez se déplaçait-il ? Le scooter était dans la remise de l'immeuble. Au fichier SIV[39], il n'y avait aucun deux-roues à son nom. Sa seule voiture déclarée, une Clio, était stationnée dans la cité. Le gardien devait circuler avec un autre engin, volé ou loué. Foto, Sarah et d'autres collègues exploraient cette piste, vérifiant des listes de loueurs de véhicules.

Le téléphone fixe sonna. Martial.

— Vous avez reçu le rapport ? demanda-t-il sans détour.

— Oui, merci, j'étais en train de le lire, répondit Luc en mastiquant une bouchée de sandwich.

— J'entends que je vous dérange en plein repas, désolé. Bon appétit. Vous avez du neuf ?

— Non. On continue à bosser sur les agences de location de voitures.

— Bien. Tenez-moi au courant.

Chaque mot de Martial transpirait le stress. Pressurisé à mort, le nouveau patron lui faisait presque pitié.

— Et vous, vous en savez plus ? demanda-t-il.

— Je sors à l'instant d'une réunion avec le chef de la PJ et le juge. Au niveau téléphonie, réseaux sociaux, relations de voisinage et de quartier, on n'a rien de plus. Les habitants de son immeuble parlent un peu de lui, mais rien de transcendant. C'est un solitaire. De quoi infirmer la théorie qui voudrait que les « loups solitaires » n'existent pas.

— On dirait bien…

— Je vous laisse. À plus tard, commandant.

Le regard perdu dans le vague, Luc songea au profil du tueur. Sans amis connus et en rupture familiale, il semblait s'être construit seul pendant des années, reclus dans sa radicalité. Ses uniques relations étaient les revendeurs d'objets nazis – français, belges, suisses – qu'il contactait pour alimenter sa collection. Ceux identifiés – mission délicate, les transactions s'effectuant sur le darkweb – affirmaient ne l'avoir jamais rencontré. Ces achats sous le manteau, éclatés entre de nombreux fournisseurs et étalés dans le temps, n'avaient par ailleurs jamais attiré l'attention des services de police.

Le Service central du renseignement territorial, la DGSI et toute la communauté du renseignement français avaient passé Luis Gimenez à la moulinette : fichiers, bases de données, indics… Résultat : néant. Au plan judiciaire, aucune trace dans les procédures. Dans les commissariats, *idem*. Pas de Luis Gimenez cité dans les mains courantes.

Une ombre. Un courant d'air.

36

Delmas décida de passer un coup de fil à sa collègue de la Direction du renseignement de la Préfecture Martine Corso, la spécialiste des fafs à Paris. Vu son expertise, il n'était pas le premier à la solliciter pour avoir son avis. Sur demande de sa hiérarchie, elle s'était déjà fait un plaisir de sonder ses informateurs. Sans succès.

Elle fut catégorique en répondant à Luc :

— Si Gimenez avait la moindre relation dans ce milieu, je l'aurais su. Personne n'a jamais entendu parler de lui. Les tontons sont au parfum, ils fréquentent les bars de skins, les clubs de sport, les librairies nazillardes... Ces gens ne sont pas nombreux. Ils se connaissent tous ou presque. Pas de Luis Gimenez, hier comme aujourd'hui.

Les services de police spécialisés arrivaient à la même conclusion : au sein de la mouvance d'extrême droite – néonazis, royalistes, identitaires, partis politiques, associations droitardes, syndicats étudiants, journaux fascisants... –, on ne connaissait pas cet homme devenu l'ennemi public numéro un.

Chaque élément concernant Luis Gimenez générait une cascade d'investigations : armuriers, clubs de tir, fabricants d'armes et d'explosifs étaient vérifiés un à un. On recherchait les vols de matériels et produits similaires. On élargissait en consultant les pays étrangers via les canaux ad hoc…

À la suite de cette conversation infructueuse, Delmas retourna à la lecture du rapport que lui avait transmis Martial, essayant de se projeter dans la tête de Gimenez. Sur les six derniers mois, la ligne mobile du gardien montrait une activité quasi nulle, en dehors de quelques appels administratifs. Bien sûr, il pouvait utiliser d'autres puces, des messageries cryptées… Les limites de la bonne vieille téléphonie. Luc pressentait que non. Le fait que Gimenez lui avait donné ce numéro en audition – qui lui servait à joindre des prostituées, dont Obadia – était révélateur : bien qu'adaptable et déterminé à tuer, il se dispensait de certaines précautions. Paradoxal ? Non. Syndrome du kamikaze. La désinvolture, la pleine confiance si caractéristiques de ceux qui sentent la fin approcher.

Le bornage de sa ligne téléphonique sur la période antérieure ne révélait rien concernant sa possible localisation. Gimenez passait le plus clair de son temps aux 3 000. Son ordinateur regorgeait de connexions à des sites nazis. Les pornos stockés parlaient d'eux-mêmes : des nanars typés nazisploitation[40].

Gimenez s'intéressait aussi à des positionnements plus « modérés ». Ainsi, il suivait sur Internet les campagnes présidentielles de Zemmour, Le Pen et Dupont-Aignan. Il se révélait un vrai supporter de Poutine, adhérant inconditionnellement à sa propagande grossière.

Si les pistes manquaient, les effectifs de terrain – surtout à Paris et en région parisienne – recherchaient plus qu'activement le gardien. C'était l'objectif prioritaire. Chaque patrouille – BAC,

CDI, Police secours, CRS, brigade canine… – possédait la photo et le signalement du fugitif.

Le parquet avait tranché en faveur d'un maximum de discrétion sur la traque en cours, stratégie que Luc approuvait. Les médias en rajoutaient sans nuances. Le temps d'antenne se répartissait à parts égales entre l'Ukraine, l'élection présidentielle et le tueur du 93. Mais, sur ce dernier sujet, ils forçaient le trait, insistant sur les risques d'actions violentes.

Aucun titre de presse n'avait cité le nom de Luis Gimenez. Pourtant, les médias le connaissaient depuis la descente aux 3 000. Il leur avait suffi de cuisiner les voisins après le départ de la police. Mais, échouant à obtenir confirmation auprès du procureur, ils n'osaient pas – encore – dévoiler le nom. Le naufrage du 11 octobre 2019 était frais dans les esprits.

Ce soir-là, les journalistes s'étaient plantés en annonçant l'arrestation de Xavier Dupont de Ligonnès, au mépris des appels à la prudence du procureur de Nantes. Beaucoup avaient relayé le tuyau sans vérifications. Verdict : l'interpellé était un retraité des Yvelines, bien plus âgé, sans lien avec XDDL. Luc se souvenait d'avoir suivi l'événement en direct sur BFMTV, circonspect face à ce « scoop ». Pour lui, il ne faisait aucun doute que le disparu n'existait plus qu'à l'état d'ossements, dispersés au large des côtes varoises ou dans le massif de l'Estérel. Luc soupira en se remémorant ce fiasco, résultat de la quête du buzz à tout prix…

Il ne termina pas son sandwich, acheté au distributeur. Tandis qu'il se préparait un thé vert, son téléphone sonna.

— On a quelque chose, annonça Foto, surexcité. On met tout ça en forme et on vient t'expliquer.

Le commandant sourit. Une bonne nouvelle n'arrivant jamais seule, Martial débarqua, plus détendu.

— On progresse, commença-t-il.

Le chef s'assit en face de lui.

— On a une confirmation : Gimenez était bien un client d'Obadia. Deux habitants de l'immeuble l'ont vu dans les parties communes et aussi sortir de chez elle.

— Les prostituées, dit Luc, c'est le seul sujet qu'il évite dans ses vidéos… Il décrit son projet de A à Z, fier comme un coq, en se gardant bien de dire qu'il allait aux putes…

Intarissable sur sa haine des « négros », des « youpins », des « bougnoules », des « bridés », des « romanos », des « pédés », des « merdias », des « journalopes », de la « gauchiasse », Gimenez passait en revanche sous silence sa misère sexuelle.

Les deux policiers se lachèrent.

— Sûrement un frustré sociopathe, attaqua Martial. Un *incel* incapable de prendre son pied sans payer.

— Est-ce qu'il couchait avec Obadia ? Pas certain. On raconte qu'Hitler était impuissant, masochiste et scatophile. Gimenez vise peut-être à ressembler à son modèle.

Luc et Martial rirent nerveusement. La psychanalyse de comptoir avait le mérite de détendre l'atmosphère.

— Plus sérieusement, continua le chef de section, les collègues du pôle dédié ont retrouvé l'origine des armes. Elles ont été volées dans une armurerie à Strasbourg en 2019. Dix Glock 17 avaient disparu, dont les sept retrouvés dans la cave.

— Les auteurs avaient été serrés ?

— Les images vidéo de la boutique montraient trois individus en train de forcer le coffre. Un seul a été mis en cause. Son ADN était présent dans un gant oublié sur place. Il a toujours nié et n'a jamais donné ses complices. On creuse cette piste.

— Quel genre de bonhomme ?

— Trente ans aujourd'hui, originaire de Hautepierre, un quartier sensible de Strasbourg. Vingt-deux mentions au TAJ[41]. Un Maghrébin dans la pure tradition des voyous de cité. À première vue, aucun rapport avec le milieu qui nous intéresse.

— Gimenez a pu se fournir là-bas.

— Ou faire partie du trio de casseurs.

— Peut-être. En tout cas, ces armes sont la preuve qu'il a quand même des contacts. Il est solitaire, pas de doute, mais seulement jusqu'à un certain point.

— Même chose pour les explosifs. L'Anfo et le gel aqueux déclencheur ont été volés dans une entreprise suisse l'an dernier. Un cambriolage d'envergure à gros préjudice. Les collègues sont remontés jusqu'au fournisseur grâce au numéro de lot sur la cartouche. La société se trouve dans le canton du Valais. Les auteurs n'ont jamais été identifiés.

— Ils ont pu écouler la marchandise n'importe où, au détail ou en gros. On n'ira pas loin avec ça, conclut Luc, déçu.

— J'en ai bien conscience. Quant aux quantités retrouvées chez Gimenez, il y a de quoi faire un bon feu d'artifice. Le problème, c'est qu'on ne sait pas avec quels volumes il est parti. Est-ce qu'il en possède plus ? Ou est-ce qu'au contraire tout son stock était là ? Toutes les possibilités sont envisagées, de la ceinture d'explosifs à portée moyenne au fourgon piégé capable de souffler un bâtiment.

Peu après, Steph et l'Italien les rejoignirent. Ils distribuèrent à Martial et à Luc un document de synthèse, puis s'installèrent sur le sofa en cuir.

— Il se déplace en voiture, expliqua Foto. On a trouvé l'agence de location. Il a loué une Focus il y a trois jours dans un garage du 18e, rue des Roses, Porte de la Chapelle. Un contrat d'une semaine.

— Il a loué la caisse à son nom ? demanda Luc.

— Oui, il a présenté permis et CNI. Il a payé en espèces. On a mis du temps pour trouver car on a d'abord vérifié les loueurs franchisés : Hertz, Sixt, Rentacar, etc. Ça n'a rien donné. On a enchaîné avec les petits loueurs indépendants.

— Je vais faire remonter l'info. Bon travail, lança Martial en se levant prestement.

Le commandant ouvrit son minifrigo et proposa une bière aux deux autres. Pause méritée. Renversé dans son fauteuil, une Leffe à la main, Luc réfléchissait à voix haute :

— Des explos, des armes de poing, une voiture de loc'… Qu'est-ce qu'il nous mijote, ce Gimenez ?

— S'il pouvait se planter avec sa bagnole et crever, ça arrangerait tout le monde, lâcha froidement Steph.

— Moi, dit Foto, je le verrais bien passer à l'acte dimanche. Jour de scrutin, soirée électorale, les télés partout… Une bombe dans un QG de campagne, un bureau de vote, une permanence politique… Là, il ferait vraiment fort.

37

Expertise psychiatrique – Entretien du 16/06/2022. Retranscription et notes personnelles.

[…]

— Vous ne voulez pas répondre à mes questions. Est-ce que vous avez envie de déclarer quelque chose spontanément ?

— Je peux déjà vous dire que je ne reconnais pas l'État français. C'est un pays voyou qui ne mérite pas le respect. Je ne regrette pas ce que j'ai fait et je serais prêt à recommencer.

(Le regard du sujet est très noir.)

— Pouvez-vous développer ?

— Je vais être emprisonné pendant des années, mais j'ai fait ce que j'avais à faire. Nous sommes à une période charnière de l'histoire du monde. Le futur se joue maintenant. Si je ne peux pas poursuivre le combat, d'autres le feront à ma place.

— D'une certaine façon, vous avez attaqué la France, qui est votre pays d'origine. Qu'est-ce que cela vous inspire ?

— Ça ne m'inspire rien.

— Pour continuer avec la France, vous avez choisi d'agir pendant la campagne présidentielle. Pourquoi ?

— J'ai voulu frapper la France dans ses fondements, durement. Qu'est-ce qui aurait pu être plus efficace que faire trembler un pays au moment d'une élection nationale ? Rien. J'y suis parvenu, et mes actes ont eu un retentissement mondial.

(Le sujet sourit. Personnalité asociale, perverse, violente.)

[…]

38

Figeac, le 22 avril 2022

À tous les patriotes…

Je rédige cette lettre à quelques heures du grand saut. Elle sera rendue publique bientôt. Mon combat sera alors connu de tous.

Je lutte pour les Blancs, les chrétiens et l'Occident.

Je défends notre civilisation et nos valeurs.

Je tue nos ennemis et leurs complices.

J'ai enregistré des centaines de vidéos, j'ai rédigé des centaines de pages, mais il y a un point que je n'ai jamais abordé : l'origine de ma prise de conscience. Quand ai-je compris les grandes vérités de ce monde ? Pourquoi ai-je choisi la lutte ?

L'épilogue approche – je n'en sortirai pas vivant –, et m'apparaît la nécessité de raconter certains épisodes personnels de ma vie. Puissent ces lignes éclairer ma démarche et convaincre de nouveaux combattants.

Il ne faut rien lâcher, rien céder. JAMAIS !

J'ai grandi rue Myrha, à Paris. Le 18e était un réservoir à immigrés, surtout des Africains… Mon père détestait les musulmans et les étrangers.

Ma famille était d'origine étrangère, mais nous respections notre pays d'accueil. Eux, non. Des centaines d'Algériens priaient dans ma rue, à genoux. Ils bloquaient tout, salissaient tout, comme au bled. Ces images me mettaient en rage. Mon père avait raison, mais il n'a fait que parler. C'était un passif, un lâche. Moi, j'allais agir. Vous allez comprendre pourquoi.

Au collège, j'étais en classe avec des Noirs et des Arabes. J'ai été frappé, moqué, mis à l'écart. On voulait me convertir à l'islam. Je n'en ai jamais parlé à mon père. Il n'aurait rien fait pour m'aider et ma mère non plus.

Un après-midi, trois Maliens plus âgés m'ont entraîné sous un porche. Je connaissais ces types depuis le collège. Des vendeurs à la sauvette et des passants ont vu la scène, mais personne n'a bougé. J'ai encaissé les coups. Quand j'ai été à demi-assommé, ils m'ont ouvert la bouche et y ont enfoncé leur sexe à tour de rôle, avant de me tabasser encore. J'ai été laissé pour mort à la Goutte-d'Or, en pleine rue. J'avais pourtant appelé à l'aide. Putain de quartier… Je me suis réveillé à l'hôpital et je n'ai jamais rien osé dire à personne. La honte de ne pas avoir réussi à me défendre…

J'avais seize ans. C'était le 18 mai 2001.

Cet épisode a été un traumatisme, mais surtout un signal. Il y a eu un « avant » et un « après ».

Jusque-là, je dirais que je n'étais qu'un sympathisant du FN. Après l'agression, je me suis renfermé sur moi, j'ai durci mes points de vue, je suis passé au stade supérieur. J'ai lu des tas de livres, j'ai même acheté un exemplaire de Mein Kampf. *Un volume rare, d'époque, le seul objet de ma collection que j'ai emporté avec moi en quittant Aulnay. Au moment où j'écris ces lignes, il est là, sur le siège passager.*

En parcourant des forums, des articles, des études scientifiques, j'ai compris que les hommes n'étaient pas égaux. Si les Blancs dominent le monde, à tous les niveaux, alors que les Noirs meurent de famine chez eux, en Afrique, c'est parce qu'ils sont moins intelligents. Et s'ils sont doués au sprint, au marathon ou pour la danse – bien meilleurs que les Blancs d'ailleurs –, ils le doivent à leur physique. L'intellect est l'affaire des Blancs, la performance athlétique celle des Noirs. Ils se reproduisent beaucoup, ce sont des machines sexuelles. Cela représente un grand danger. À défaut d'être brillants, ces fornicateurs nous domineront par le nombre si nous ne faisons rien.

Il y a les Noirs, mais aussi les Juifs : des escrocs élitistes, menteurs, rejetés partout où ils passent. Les homosexuels, ces dégénérés, toujours plus visibles et revendicatifs, contre lesquels Poutine ou Zemmour nous mettent en garde. Les Gitans, trafiquants analphabètes, violents, consanguins. Les Arabes… Des parasites qui volent, brutalisent les femmes, dealent, agressent les Blancs, quand ils ne font pas exploser des bombes. Ils ont voulu leur indépendance et reviennent maintenant chez nous pour se gaver d'allocations. Pas de honte, pas de dignité…

Au moins, ils ont compris leurs limites, ils ont besoin de nous.

Quand j'avais dix-huit ans, mes parents m'ont foutu dehors. J'étais trop « haineux », selon eux. Ma mère disait avoir peur de moi, de mon admiration pour Hitler… Deux étés de suite, je suis allé à Wunsiedel, un village de Bavière. Chaque année, les nostalgiques allaient se recueillir sur la tombe de Rudolf Hess – un autre de mes modèles –, le jour anniversaire de sa mort. Après ça, même mon père se méfiait de moi… C'est juste que mes parents ne comprenaient rien à la guerre de civilisation qui se joue.

J'ai rompu définitivement avec eux. J'ai trouvé un studio et un poste de gardien d'immeuble à Belleville, quartier dévasté par l'immigration. Je suis devenu un ermite, ne parlant à personne à part aux résidents. Mais j'ai toujours eu le contact facile et un air neutre, donc inoffensif, qui m'a permis de rester discret jusqu'au bout.

Là, pendant des années, j'ai consacré mon temps au Troisième Reich. J'ai lu, lu, encore lu. Grâce à Internet, je me suis formé, j'ai discuté avec des gens du monde entier. J'ai cherché des objets pour ma collection, j'ai traversé l'Europe pour les récupérer, en Russie, en Pologne… J'ai visité Treblinka, Sobibór. Mes moments à Auschwitz ont été les plus forts. Seul au milieu des ruines, j'ai senti l'esprit du Führer. Il était là, avec moi.

À cette époque, il y a eu d'autres événements. Le 12 janvier 2009, l'un de mes agresseurs a été tué dans un squat d'Aubervilliers. Une cinquantaine de coups de couteau, testicules et pénis en charpie. Le 15 août 2012, c'est le leader du trio, un cracké, qui a été retrouvé mort, à poil, sous l'échangeur de la Porte de la Chapelle. On l'avait roué de coups, sodomisé, déchiqueté de l'intérieur avec une barre de fer. Sachez que je suis l'auteur de ces crimes. Je n'ai pas eu besoin de m'occuper du troisième. Le 27 novembre 2014, il s'est planté avec son scooter à Château Rouge, écrasé sous un bus comme le clébard qu'il était.

Je me suis toujours dit qu'un flic finirait un jour par remonter jusqu'à moi. Ça n'est jamais arrivé. Je passe le bonjour aux enquêteurs.

Trois sur trois. Ma vengeance était complète.

J'ai déménagé à Aulnay. C'est là que j'ai commencé à fréquenter des prostituées. Mes premiers rapports sexuels. Dépucelé à trente ans. Je suis devenu accro au sexe facile. Tant de choix et de fantasmes réalisables…

Je suis resté longtemps sans tuer, pensant ne jamais recommencer. Et puis il y a eu Magali Obadia, une prostituée juive. Elle vivait au quartier et tapinait à Paris et en banlieue. Je suis devenu un habitué. D'abord une fois par semaine, puis deux, trois fois. Elle m'a proposé de venir chez elle.

Au début, c'était une vengeance. En la souillant, j'avais l'impression de me venger de tous les Juifs. Mais j'ai fini par ressentir un attachement. Évidemment, elle ne savait rien de mes idées politiques. Je lui ai avoué mes sentiments. C'est alors qu'elle m'a sommé de ne jamais revenir chez elle. J'ai pourtant essayé, les semaines suivantes. Elle m'a toujours repoussé. Une fois, j'ai cogné contre sa porte, j'ai hurlé dans le couloir, elle ne m'a pas ouvert. Je l'ai insultée et j'ai pissé sur son paillasson. Ce soir-là, j'ai senti que quelque chose évoluait en moi.

Ma haine de ceux que j'ai en horreur a explosé. Mon esprit s'est empli d'un ressentiment inégalé jusque-là. J'ai sombré dans un monde virtuel, passant mon temps sur le Net, pendant des semaines, des mois. J'ai commencé à rédiger un manifeste. Je savais déjà que j'allais mourir. Il me fallait laisser un héritage, une version écrite de moi-même.

J'ai aménagé une cave réservée à mon projet. Chaque nuit, dans ce réduit étouffant à cause des tuyaux de chauffage, j'alimentais ma haine. Torse nu, le corps en sueur, j'écrivais, je me filmais, je montais des vidéos. Au matin, j'en ressortais épuisé, après avoir imaginé les pires supplices pour mes ennemis. Mais je me sentais bien. J'ai acheté des armes. J'ai réussi à trouver des explosifs. Je savais que j'irais plus loin.

J'ai songé à tuer Magali, avant de changer d'avis. Une partie de moi la détestait, mais l'autre l'aimait encore.

C'est début mars que je me suis lancé.

Ces putains de dealers me pourrissaient la vie. Ils brassaient des milliers d'euros sous mon nez, dans l'escalier. Un matin, j'ai agi. Quand le champ a été libre, cagoulé et armé, je suis sorti et j'ai tiré dans la tronche d'un de ces connards. Il n'y avait personne. Tout m'a semblé si simple. L'effet fut jouissif, plus fort que lorsque j'avais tué mes agresseurs.

Ma fureur m'a poussé à m'en prendre à un Gitan.

Il y avait un lotissement, pas loin, où des maisons avaient été construites pour eux. L'argent du bon pigeon français servait à offrir des baraques à ces délinquants. Je ne pouvais pas le supporter. Je voulais tirer dans le tas. Monté sur un scooter volé, j'ai aperçu un type qui marchait sur une pelouse. Le genre tire-au-flanc au RSA qui se lève à 10 heures du matin. Je lui ai collé quatre balles. J'ai aimé, mais sans plus, peut-être parce que je déteste moins ces gens-là que les Arabes.

Ma rancœur envers Magali a refait surface. Mon mal-être empirait. Je devais la tuer. J'ai mesuré le potentiel de résonance de mes crimes. S'ils étaient un moyen de trouver l'apaisement, je pouvais aussi en tirer parti et transformer ma trajectoire en acte politique, incarner mes idéaux.

Tuer Magali chez elle aurait été fade. Aux 3 000, les gens meurent seuls dans l'indifférence. Toxicos, alcooliques, vieillards, dépressifs… ils crèvent abandonnés dans des blocs HLM déshumanisés. Je le sais, je le vois depuis toujours. Qui s'intéresserait à une prostituée, sans famille, tuée dans son appartement ? Personne. *Mais avec une mise en scène spectaculaire, tout serait différent. J'ai compris qu'il fallait la tuer là où elle devait mourir. Sur un trottoir, en public. Je l'ai suivie. J'ai attendu la nuit, les traits cachés sous mon casque. Il y avait du monde, des témoins qui pourraient raconter. J'ai tiré et je l'ai achevée au sol. Je me souviens lui avoir dit : « Prends ça, sale Juive. » C'est la dernière phrase qu'elle a entendue.*

Ma technique était parfaite. Je n'avais rien inventé. Les policiers et les médias l'ont compris, je me suis inspiré de Merah. Je déteste cet homme – un sale musulman en guerre contre la France –, mais j'arrive à le respecter. Je partage avec lui certaines opinions. Il a tué des Juifs et ne devait pas non plus aimer les homos. Merah a fait la une des médias, il est mort héroïquement, il est allé au bout de ses idées. Je voulais quelque chose d'aussi mythique.

Je pense y être arrivé. Mais ce n'est pas fini…

J'espère que cette lettre saura vous inspirer, vous donner des pistes et des clés.

POURSUIVEZ LA LUTTE !
DÉFENDEZ VOTRE CULTURE !
DÉFENDEZ VOS SEMBLABLES !
NE VOUS ARRÊTEZ JAMAIS !

卍 *Luis Gimenez* 卍

39

9 h 21. H - 7 heures et 41 minutes.

Luis Gimenez relut sa lettre manuscrite. Il en photographia chaque page et déposa les feuillets dans la boîte à gants. La police trouverait l'originale, mais elle ne pourrait pas la cacher au grand public, puisqu'il diffuserait bientôt les photos sur Internet.

Comme il redémarrait le moteur de la voiture, la radio se mit en marche. On parlait de lui. Il occupait une place de choix dans les médias. Il avait dû intervenir en personne, en envoyant la vidéo à *Mediapart*, ou en téléphonant aux rédactions pour fournir des informations inédites. Il fallait étancher la soif des journalistes.

Il sortit du bosquet et poursuivit son chemin dans la campagne lumineuse. Au volant de la Focus, Luis ne roulait ni trop vite, ni trop lentement. Il suivait des voies secondaires. Pas de caméras. Pas de péages. Il devait arriver à destination.

Prendre des précautions n'avait jamais été une priorité absolue. Il croyait en sa bonne étoile et savait sa fin proche. Il n'était pas prévu qu'il s'en sorte. Il lui fallait seulement rester libre de ses mouvements quelques heures encore. Luis était confiant. La police n'aurait pas le temps de comprendre. Après tout, ils n'avaient débarqué chez lui que la veille.

Il songea aux prochaines heures. Son ultime coup d'éclat serait mémorable, supérieur à celui de Merah. On s'en souviendrait longtemps. Luis remit de la musique, une compilation de Légion 88[42]. Il se laissa aller à fredonner.

Sur la D802, il aperçut un panneau « Livernon 3 km ». La police s'attendait à quelque chose à Paris, alors que lui filait au milieu des champs à l'autre bout de la France, traversant des plaines, des prés, des paysages jaunes et pierreux, asséchés par le soleil. Pour la cible choisie, même teneur. Aux infos, on racontait que les mosquées, les synagogues, les boîtes de nuit gay de la capitale étaient surveillées… Non. Pour ces gens-là, il avait déjà donné. Cette fois, il préparait quelque chose de vraiment original.

Son seul regret était d'avoir abandonné sa collection. Son uniforme nazi. Ses écussons. Ses affiches… Mais quelle jouissance en pensant à la tronche des flics quand ils entreraient chez lui. Ces putains de flics, complices d'un misérable État soumis aux Juifs, avaient dû trembler en découvrant le repaire d'un nazi. Eh oui, il y avait encore des millions d'amoureux du Reich. Qu'ils le comprennent. Un jour ou l'autre, Hitler serait réhabilité. L'œuvre de ce grand chef de guerre ferait l'objet d'un nouvel examen. On saluerait son génie, sa lucidité. C'était écrit.

Parfois, il se demandait qui serait encore célèbre dans deux mille ans ou plus. Sans doute Albert Einstein, Neil Armstrong et Léonard de Vinci. George Washington, peut-être… Mais surtout, il y aurait Adolf Hitler, le numéro un incontestable. Ce héros traverserait les siècles.

Luis rebascula sur la radio. RTL. Après une interview de Jean Lassalle, candidat guignolesque éliminé au premier tour, il se régala d'entendre à nouveau parler de lui dans un flash.

Désormais, on citait son nom. L'info suivante concernait la présidentielle. Les candidats Macron et Le Pen lançaient leurs dernières forces dans la bataille avant le deuxième tour du scrutin. Luis tendit l'oreille, intéressé :

« Emmanuel Macron achève sa campagne électorale avec un déplacement à Figeac dans le Lot, ce vendredi 22 avril, où un meeting doit avoir lieu cet après-midi. L'occasion d'évoquer des thèmes en lien avec cette petite ville de province où les électeurs ont placé Jean-Luc Mélenchon en deuxième position derrière lui lors du premier tour. »

Luis eut un air moqueur. Pour que le scrutin puisse avoir lieu, encore faudrait-il que les candidats soient toujours en vie.

Son rictus se mua en rire lugubre.

Figeac. Une paisible ville du Lot.

Théâtre du dernier chapitre.

40

10 h 31. H – 6 heures et 31 minutes.

Luis stationna sa Focus sur le parking d'un McDonald's, à l'entrée de la ville. Par souci de discrétion, il finirait le trajet à pied. La presse annonçait un centre-ville fermé aux automobiles autour de la place Carnot, lieu choisi par Emmanuel Macron pour son dernier meeting de campagne.

Le président sortant prononcerait un discours sous la halle du marché, en plein air, à partir de 15 h 15. Quatre cents sympathisants auraient un accès direct à l'événement, au plus près de l'estrade. Ils s'étaient inscrits sur Internet au préalable. Luis n'avait jamais envisagé cette option : les identités avaient dû être scrutées pour écarter les profils indésirables. Lourds casiers judiciaires, individus radicalisés, contestataires violents...

En fait, il espérait que les bains de foule chers à Macron lui offriraient un moment propice. L'homme, comme tant d'autres, s'enivrait de ces échanges spontanés, au contact direct de ses supporters. Oui, songea Luis, il pourrait saisir une occasion à l'arrivée du Président, ou, plus sûrement, après son show, quand, tout sourire et entouré de ses cerbères, il serrerait des mains par centaines. Alors, Luis, anonyme parmi les journalistes et les chasseurs de selfies, l'air de rien, se faufilerait dans la cohue et se rapprocherait de Jupiter.

Luis avait changé d'apparence pour l'occasion. Sa dégaine lui paraissait trop facilement reconnaissable. Le concierge aux joues glabres, cheveux bruns, habillé comme un pauvre hère, avait fait place à un beau spécimen au crâne rasé, barbe de trois jours. Il portait un pantalon de velours, une chemise à carreaux et des bretelles.

Il quitta la voiture en y abandonnant, à regret, son exemplaire de *Mein Kampf*. Ce serait mal vu en cas de fouille au corps. Il avait pris en revanche sa carte d'identité, en guise de signature, pour être identifié après coup. Si cela ne suffisait pas, il avait disposé son passeport en évidence, avec le livre et la lettre, dans la boîte à gants.

Sous le soleil printanier, il prit la direction du centre-ville. C'était une journée parfaite pour mourir. Il ne tenait en main qu'une sacoche d'ordinateur, le genre de bagage qui inspirait confiance. Ainsi équipé, il ressemblait à un quidam, en route pour rejoindre son bureau. À mille lieues d'un gardien d'immeuble sociopathe et néonazi.

À l'intérieur de sa sacoche, il y avait un ordinateur – hors d'usage, ça n'avait pas d'importance – et un appareil photo, dont l'objectif vidé de ses éléments contenait l'explosif en poudre et le booster, assemblés quatre jours plus tôt. Luis avait suivi à la lettre un tutoriel consulté sur le darkweb.

Dans ses chaussettes, deux mèches – dont une de rechange – pour assurer la mise à feu. Une fois la minitresse huileuse engagée dans un orifice de l'appareil photo, il suffirait de la flamme d'un briquet et… Boum !

41

12 h 30. H – 4 heures et 32 minutes.

La place Carnot de Figeac hébergeait la halle, ce marché de plein vent où le Président prendrait la parole, ainsi que des commerces et des bars prolongés de terrasses. Assis à l'une d'elles, Luis buvait un Pepsi. Il affinait son repérage, s'imprégnait de l'ambiance.

Les équipes du candidat s'agitaient. Les forces de l'ordre, en uniforme ou en civil avec oreillette, se fondaient dans un décor animé. Luis jouait la comédie, sourire aux lèvres, mine relâchée. Sur le chemin, il avait fauché dans un carton, près d'un camion-régie, deux drapeaux – un français et un européen – et un calicot, à peine plus grand, indiquant : « FIGEAC AVEC MACRON ».

À dix mètres de là, il y avait la place Champollion, plus grande, plus réputée, d'après les explications du serveur. Elle abritait la maison natale de l'égyptologue du même nom, célèbre pour avoir été le premier à déchiffrer les hiéroglyphes. Dans un angle, on avait mis en place un écran géant et une sono pour permettre aux simples citoyens d'y suivre le meeting de loin.

Luis paya et partit. S'éterniser quelque part, c'était prendre le risque d'attirer l'attention. Au hasard, il prit une rue et se retrouva dans une venelle pentue. Il y découvrit des voûtes, des portes cochères. Il y avait là, dans la vieille ville, de magnifiques ruelles médiévales.

Au bout d'un escalier, il parvint devant une église bâtie sur les hauteurs, dominant la ville. Notre-Dame-du-Puy de Figeac. Style gothique. XIIe siècle. Quoi de mieux que cet endroit, symbole historique de l'Occident chrétien, de la France authentique, pour passer ses dernières heures avant d'aller au feu ?

Il fit le tour de l'édifice et accéda au jardin public attenant. Il s'installa sur un banc, au milieu des arbres. Sur son smartphone, connecté aux chaînes d'information et aux fils rouges de la presse locale, il suivit le déplacement de Macron. Il était midi cinquante. Via son compte Twitter, le Premier ministre Castex annonçait qu'il se rendait à Figeac pour soutenir le Président. Parfait.

Le regard dans le vague, déjà ailleurs, Luis songea à son œuvre. Il pouvait être fier du parcours accompli. Toujours en course après quatre meurtres, libre comme l'air malgré les polices lancées à ses trousses. Il conservait son avance et, surtout, l'espoir d'un final grandiose.

Macron, l'objectif suprême.

L'ambassadeur du pays des Lumières.

Le Français qui occupait les médias depuis cinq ans.

L'atteindre serait un tour de force aux répercussions majeures. Luis porterait la doctrine national-socialiste à un niveau d'exposition hors norme. Sûrement du jamais-vu depuis la glorieuse époque d'Hitler et du Reich.

Il devait réussir. Servir la cause avec tant de panache valait bien le sacrifice de sa vie. L'idée de mourir en martyr nourrissait chez lui un sentiment puissant. En se sabordant, il deviendrait un kamikaze, un lanceur d'alerte en lutte contre l'invasion migratoire et le grand remplacement. Il figerait dans le temps son action héroïque. Pour l'éternité.

Macron incarnait tout ce que Luis détestait. La gauche immigrationniste, complice des islamistes et des indigénistes. Les puissances d'argent mafieuses, juives. Macron avait travaillé chez Rothschild, il méprisait les pauvres, mutilait les « gilets jaunes », rapatriait des terroristes. Luis le soupçonnait même d'être homosexuel. Existait-il une meilleure cible ? Ses précédents meurtres étaient de simples brouillons. Des morts utiles mais anonymes, vite oubliées.

Luis se souvenait du défilé du 14 juillet 2002 sur les Champs-Élysées. Un militant d'extrême droite avait tenté d'y abattre Chirac. Mal préparé, il avait échoué. Le type, en plus, ne cherchait même pas à porter un message politique. Luis, en revanche, avait de nobles aspirations.

Il jeta un coup d'œil à son portable. Un site Internet de presse départementale dégaina en premier l'information :

> 13 h 10 : Emmanuel Macron vient d'arriver à Figeac
>
> Le long cortège de voitures du président-candidat est arrivé par l'avenue du Maréchal-Joffre, en bordure de la rivière Célé, un peu avant 13 h 10. Emmanuel Macron va rejoindre quelques proches militants et élus locaux, dont la députée LREM de la seconde circonscription du Lot, avant sa prise de parole prévue après 15 heures.

Luis replaça le téléphone dans sa poche.

Il était temps.

42

Expertise psychiatrique – Entretien du 16/06/2022.
Retranscription et notes personnelles.

[...]

(L'objectif de l'entretien, modeste, reste que le sujet parvienne au moins à prononcer son propre nom, base nécessaire à un échange plus approfondi sur sa personnalité et les faits reprochés.)

— Acceptez-vous maintenant de me dire quel nom vous portiez jusqu'à ce que vous décidiez de passer à l'acte ?

— Vous insistez... Je suis dans une logique de combat. Je lutte pour des convictions. Celui que j'ai été n'existe plus. Un nom est une fiction juridique. Je renie ce nom et je ne veux plus l'entendre. Pourquoi voudriez-vous que je l'utilise ?

— Ce serait un premier pas.

— Un premier pas vers quoi ?

— Vers plus de compréhension de vos actes. Peut-être que votre cause n'en sera que mieux analysée.

(Il s'arrête de parler longtemps. Relance nécessaire.)

— Qui vous a initié ?

— Le chemin vers la vérité est fait de rencontres. Je ne citerai pas mes mentors, ils m'ont tant appris. Je les protégerai.

— Pensiez-vous mourir lors de l'attaque ?
(Regard sombre. Se braque. Répond malgré tout.)
— Oui. Le sort en a décidé autrement.

[…]

43

36, rue du Bastion. 13 h 30. H – 3 heures et 32 minutes.

Julien Martial poussa un soupir en se glissant derrière son bureau. Il desserra sa cravate et se massa les tempes en grimaçant. Atroce migraine. Les effets du stress et des nuits blanches.

Il n'aurait pas pu craindre des débuts plus compliqués à la Crim'. L'idéal aurait été une entrée en matière progressive, avec des affaires classiques. Il vivait le contraire, encaissant de plein fouet un ouragan judiciaire et médiatique.

Il n'était pas le seul policier sous pression. En réunion, il voyait les visages crispés, les hésitations, l'assurance de façade. Il régnait là un flottement typique des situations inhabituelles. À l'exceptionnel s'ajoutaient les querelles de personnes, les arbitrages rugueux, le zèle pétochard. Les coups de douze[43] tombaient en rafale. Les ego souffraient. Et lui, le nouveau venu, n'était pas épargné.

Il y avait aussi la solitude. Il héritait d'un poste orphelin, sans adjoint pour l'accompagner. Sur le plan personnel, ce n'était pas mieux. Divorcé, installé seul à Paris, il avait vu ses contacts se circonscrire à la sphère professionnelle, sans espoir de réconfort intime, ni même amical.

Son ex-femme s'était lassée de leur histoire. Un mariage achevé deux ans plus tôt, sans enfant. La nature ne leur avait jamais offert la grossesse désirée, malgré des voyants biologiques au vert. Anne était partie, et Martial ne s'en remettait pas.

De ses trois groupes d'enquête, un seul lui causait du souci. Celui de Delmas. Martial se méfiait de ce commandant difficile à cerner, biaiseux, qui donnait l'air d'être faux-cul avec ses supérieurs et permissif avec ses hommes. Certains à la Crim' le qualifiaient de « pigeon », du genre à être pris pour un faible par les propres membres de son équipe. « Un bon enquêteur, fin et instinctif, mais mauvais en commandement et dans les rapports humains », lui avait confié un chef de section. Ce groupe ressemblait à un agrégat d'électrons libres, complices et peu portés sur la déontologie. La palme revenait à cet intermittent, « Foto », mi-policier, mi-globe-trotter, qui s'était éclipsé quatre années pour voyager, avant de réintégrer son poste, la fleur au fusil… Ce tableau contrasté n'inspirait pas confiance à Martial. Quand l'affaire du tueur à scooter se finirait, il s'occuperait de régler ces problèmes en profondeur.

Il ouvrit un tiroir et avala un Xanax avec un peu d'eau. Sans ce tranquillisant, il aurait craqué. En apparence, il donnait l'air de prendre la pleine mesure de son poste. Aux yeux de ses collaborateurs, ses premiers pas au 36 étaient solides, convaincants. Mais la sérénité affichée avait tout du mirage. Martial jouait un rôle. Extérieurement, il semblait assurer. Psychologiquement, il coulait. En plus du reste, on lui avait prescrit un antidépresseur. Escitalopram. Un nouveau nom barbare sur l'ordonnance. « Vous en avez besoin », avait décrété son généraliste. Chaque jour, à coups de pilules, Martial se composait artificiellement un moral au beau fixe. Il repoussait l'anxiété, les insomnies, les douleurs au ventre, les nœuds dans la gorge, les tremblements.

Au fond, il se faisait honte. Il était devenu faible, perdu, inapte au métier de policier. Il connaissait des hauts, des bas. Mais les hauts ne montaient jamais très haut, et les bas descendaient toujours très bas. Un grand huit psychologique propre aux personnes profondément déprimées.

Martial surnageait. Et personne n'en savait rien.

44

Figeac. 15 h 15. H - 1 heure et 47 minutes.

Luis s'inséra dans la foule amassée place Champollion. L'étroit goulot qui reliait ce lieu à la place Carnot était sous le contrôle des équipes de la présidence. On y vérifiait les invitations, les papiers d'identité, le contenu des sacs, des poches. L'arsenal sécuritaire était de sortie : brigades cynophiles, détecteurs de métaux… On n'approchait pas le Président comme on va à la kermesse.

Luis se déplaçait au milieu des centaines de badauds, l'air innocent. Pancarte et drapeaux en main, souriant, il ressemblait à un fan de Macron venu lui apporter son soutien.

Autour de lui régnait l'effervescence. Qu'on aime ou non Macron, il était clair que sa visite excitait les Figeacois. On parlait fort, on s'agitait, on se déplaçait, on jouait des coudes, on guettait l'arrivée du bellâtre… Luis détestait l'idée qu'on se réjouisse de la présence de ce gauchiste décadent. Malgré tout, il jouait son rôle à fond pour demeurer inaperçu. Manipuler ainsi les gens était jouissif. Il feignait de prendre des photos avec son appareil garni d'explosifs. *S'ils savaient ce qu'il y a là-dedans,* pensait-il avec fiel. Luis applaudissait quand une tête connue apparaissait sur l'écran géant qui diffusait l'événement en direct. Jean Castex venait de s'installer.

Des télés réalisaient des interviews. Luis s'écarta pour ne pas se retrouver dans le champ d'une caméra de BFM. Le journaliste alpagua deux femmes, dont la plus jeune était voilée :

— Comment vous appelez-vous ?

Il tendit le micro à l'une, puis à l'autre.

— Je m'appelle Chloé.

— Safia. On est étudiantes.

— Qu'est-ce que vous attendez de la visite de M. Macron ?

— Je suis venue l'encourager. Je veux qu'il fasse barrage à l'extrême droite et à Marine Le Pen.

— Et vous, Safia ?

— Moi, j'ai voté pour Jean-Luc Mélenchon au premier tour, mais je voterai pour lui au deuxième. J'espère pouvoir aller lui parler et lui dire ce que j'attends de lui.

— Qu'est-ce que vous lui direz ?

— Qu'il doit s'occuper des minorités, renforcer la lutte contre le racisme et l'islamophobie, dénoncer les inégalités et penser à ceux dont on ne parle jamais, comme les Palestiniens.

— Merci à toutes les deux, conclut le reporter.

Connasses, pensa Luis, amer.

Il alla se coller contre un mur, à l'ombre, dans un angle de la place. Il suait, cuisait sur place. Il sortit une bouteille de sa poche et but quelques gorgées d'eau. À trente mètres, il y avait l'écran. Calé dans ce coin, il allait pouvoir observer le meeting, les interventions, les déplacements, tout en étant connecté à Internet. Il était aux premières loges pour

« sentir » le coup et agir au moment opportun. Il gardait en tête son objectif : profiter d'un probable bain de foule à la suite du discours pour se rapprocher de Macron et déclencher sa bombe. *Tu peux le faire,* se dit-il.

Pas loin, il repéra un type avec une oreillette qui reluquait partout. Un flic des RG, sûrement. Il devait se méfier, paraître le plus naturel possible. *Tu peux le faire,* se répéta-t-il.

De jeunes militants dynamiques arboraient des T-shirts « MACRON PRÉSIDENT ». Ils quadrillaient l'espace pour distribuer drapeaux, miniparasols, casquettes et autres gadgets à l'effigie de leur champion. Luis put avoir un bob bleu, blanc, rouge, qu'il plaça au sommet de son crâne. Les minutes s'égrenaient, lentement, dans la chaleur.

La place était noire de monde. Toujours posté au même endroit, Luis se concentrait comme si sa vie en dépendait. En fait, sa vie en dépendait, littéralement. Bientôt, si tout marchait comme prévu, il ne compterait plus parmi les vivants. Il touchait au but.

Sur son téléphone, il scrolla pour suivre le direct.

> 15 h 40 : Emmanuel Macron est en retard
>
> Le candidat LREM, qui devait théoriquement s'exprimer à 15 h 15, accuse désormais vingt-cinq minutes de retard. Le public s'impatiente place Carnot.

Évidemment, en retard. Pas fiables, ces politicards.

> 15 h 48 : « Et 1 et 2 et 5 ans de plus »
>
> Pour tuer le temps et faire monter l'ambiance, les sympathisants d'Emmanuel Macron scandent « Et 1 et 2 et 5 ans de plus ».

Bien sûr. Et pourquoi pas vingt ans…

Peu après, Luis actualisa la page. La nouvelle tomba.

> 15 h 55 : Emmanuel Macron vient d'arriver
>
> Emmanuel Macron se trouve aux abords de la place Carnot. Il va investir la halle centrale et prononcer un discours d'environ une heure.

Le cœur de Luis s'accéléra. Macron prit place sur la scène où il fut accueilli par le maire avant de se lancer dans une opération de séduction politicienne. D'abord en veste de costume, puis en simple chemise, décontracté, en mode copain-copain.

L'un des points forts du show fut le déploiement surprise d'une banderole depuis un balcon, en face de Macron : « QUAND TOUT SERA PRIVÉ, ON SERA PRIVÉ DE TOUT. » Le Président ne manqua pas de riposter : « Félicitez-vous d'être en démocratie où vous pouvez interpeller un président en fonction et un candidat comme ça. J'espère que ça continuera parce que, le 24 avril, avec une autre candidate, ça sera un autre choix… »

Tout en suivant le show sur l'écran, Luis fendit la cohue. Il progressa, en douceur, vers la courte ruelle rejoignant la place Carnot. Enthousiaste, à fond dans son rôle, il savourait le moment, sentant que l'épilogue n'était plus très loin.

Le président-candidat s'excitait : « Rien n'est joué ! », « Mobilisons-nous jusqu'à la dernière seconde ! ». Sa voix se répercutait puissamment dans les enceintes.

Les centaines de personnes présentes criaient « MACRON PRÉSIDENT » tandis qu'il les saluait depuis l'estrade.

Puis, entouré de ses gorilles, il descendit de son perchoir.
Luis consulta la presse en ligne :

> 16 h 50 : Le discours est terminé
>
> Le candidat a fini son discours qui aura duré quarante-cinq minutes. Emmanuel Macron a présenté son projet de réformes et défendu son bilan, dont le « quoi qu'il en coûte » face à la crise de Covid-19.
>
> E. Macron commence une déambulation improvisée pour aller à la rencontre des habitants et des commerçants de Figeac.

La configuration changea. À une trentaine de mètres, on pouvait localiser l'emplacement du Président aux dizaines de caméras et de perches brandies au-dessus des têtes, tenues à bout de bras par des techniciens.

Luis choisit cet instant pour diffuser les photos de sa lettre-testament. Il les envoya à des centaines de destinataires pré-enregistrés : journalistes, politiques, services de police, blogueurs, particuliers… Le monde saurait.

Un mouvement de foule s'opéra. Les gens comprenaient qu'ils pouvaient tutoyer Dieu. Il n'y avait plus de filtre dans la ruelle d'accès à la place Carnot. Luis se laissa porter par la vague humaine. Il dut forcer un peu pour gagner du terrain. Les corps se touchaient, tremblaient, se percutaient. Luis était consterné : comment pouvait-on vouloir à tout prix serrer la main d'un dirigeant politique qui les méprisait ?

— Arrêtez de pousser ! criait-on sur un côté.

— Je veux une photo ! lançait une voix de femme.

Encore dix mètres à parcourir, évalua Luis. À travers les têtes et les silhouettes, il distinguait parfois des agents de la sécurité, en costume, impassibles, attentifs, scannant tout ce qu'il était possible de scanner. Luis devait faire attention à ceux-là. Il saisit une mèche dans sa chaussette et la glissa dans l'interstice de l'objectif. Puis il palpa son briquet dans sa poche.

45

16 h 51. H - 11 minutes.

À bord d'un Peugeot Expert, un équipage du Peloton de surveillance et d'intervention de la gendarmerie patrouillait en périphérie de Figeac. Les déplacements officiels de politiques s'accompagnaient toujours d'un lourd dispositif. Il flottait partout un parfum d'inhabituel. Pendant quelques heures, les quatre gendarmes s'affranchissaient du quotidien : accidents, violences familiales, cambriolages… Leur mission était de repérer les individus susceptibles de perturber la visite présidentielle. Dans la palette des profils : syndicalistes, écologistes, gauchistes, gilets jaunes, antipass sanitaire, antivax, zadistes… Rapidement signalés, ces individus n'avaient que peu de chances d'approcher le meeting.

Le chef de bord tenait sous les yeux la tablette numérique du Lapi[44]. Ce système, doté de caméras fixées sous les gyrophares, détectait lettres et numéros sur des véhicules immobiles ou en mouvement, jusqu'à deux cent quarante kilomètres/heure, pouvant ainsi en contrôler des milliers. À chaque numéro lu, un bip aigu.

Depuis le matin, l'équipage couvrait un périmètre défini, scrutant les rues, les parkings, les voitures, les piétons, les éventuels tags ou banderoles injurieux… Sur la fréquence radio dédiée, l'état-major relatait minute par minute la progression du meeting :

— Fin de la prise de parole. Vigilance à tous les effectifs pédestres, le PR va aller au contact du public.

Le conducteur haussa les sourcils.

— Espérons que tout ira bien. C'est compliqué, la foule. Un type lui a mis une gifle l'année dernière.

Le centre opérationnel annonça le repositionnement des forces. Les hommes du PSIG s'acheminaient vers l'avenue du Maréchal-Joffre quand le signal du Lapi retentit. La voix synthétique précisa le *hit* : « véhicule signalé à droite ». Puis le numéro d'immatriculation s'afficha sur l'écran.

— C'est la Focus, là-bas, pointa le conducteur.

— Approche-toi, ordonna le chef de bord, qui consultait le fichier des objets et véhicules signalés et celui des personnes recherchées.

— Bon sang…, lâcha-t-il.

L'un des gendarmes, à l'arrière, fit le lien de lui-même.

— C'est la voiture du mec de Paris, le terro au scooter.

Tous avaient vu passer le télégramme adressé par la Préfecture de police.

Le Peugeot Expert s'arrêta à distance. Personne aux alentours de la Focus. Seules une Clio et une 308 stationnaient non loin. Après passage des numéros de ces deux voitures au fichier SIV, ils identifièrent des habitants du coin. Une femme, les bras chargés de sacs en papier, arriva à pied, monta à bord de la Clio et quitta le parking.

Que faisait la voiture du nommé Luis Gimenez, aujourd'hui, à Figeac ? Dans les esprits, la réponse ne fit aucun doute.

— Je vais prévenir par téléphone, indiqua le chef de bord.

Et de poursuivre à l'adresse de ses collègues :

— Rapprochez-vous, vérifiez les clients du McDo et établissez un périmètre autour de la Ford.

Quand il eut son supérieur en ligne et qu'il lui annonça la nouvelle, il sentit un flottement. Aucun préfet, responsable gendarme ou policier, ou autre huile de l'administration, ne voulait d'incident lors d'une visite présidentielle, synonyme de carrière endommagée.

Peu après, l'état-major relaya par radio :

— Priorité à tous les effectifs : le véhicule Ford Focus du nommé Luis Gimenez, individu recherché pour plusieurs homicides commis en région parisienne, a été détecté à Figeac, avenue Joseph-Loubet, près du restaurant McDonald's. Vigilance maximale. Je répète, le véhicule…

46

36, rue du Bastion. 16 h 59. H - 3 minutes.

Martial entra dans le bureau de Luc sans frapper.

— Gimenez est à Figeac.

— Figeac ?

— Dans le Lot. Macron y fait un meeting aujourd'hui.

Le commandant écarquilla les yeux.

— On a eu l'information en direct. Les gendarmes ont repéré la Focus. Stationnée, vide.

Le gros coup, pensa Delmas. *Viser Macron.*

Martial ne disposait pas d'autres éléments. Ils gagnèrent la pièce mitoyenne pour rejoindre le reste du groupe.

Sarah peinait à y croire :

— Il ne va quand même pas oser ?

— Il va se gêner, tiens, dit Guigui. Un mégalo pareil est capable de tout. Tu crois qu'il est dans le Lot pour faire du tourisme ?

— Il a des burnes s'il le fait, lança l'Italien.

Guigui le brisa du regard.

— Des burnes ? Un putain de lâche, oui.

— Vous avez les chaînes d'info ? demanda Martial.

— Mets BFM, intima Luc à Guigui.

Assise au bureau vacant de Nico, la procédurière attrapa la télécommande. Sur l'écran mural apparut Emmanuel Macron, au milieu de sympathisants agglutinés. Il répondait à une femme qui l'interrogeait sur la future réforme des retraites.

Guigui zappa sur CNews. Même séquence, sous un autre angle. Sur LCI, une envoyée spéciale prenait la parole : « En ce moment même, Emmanuel Macron échange avec les habitants de Figeac, place Carnot, juste derrière moi, où il vient de donner son ultime meeting. Le candidat a prévenu ses soutiens que rien n'était joué et les a exhortés à rester mobilisés et unis jusqu'à la fin de la campagne, qui se termine ce soir à minuit. »

— Il faut arrêter ce cirque et l'évacuer, s'agaça Steph.

— Question de secondes, je pense, répondit Martial.

Guigui repassa sur BFM. Macron, filmé en contre-plongée, avait fini de répondre à la question et offrait un selfie à deux adolescentes. En voix off, un journaliste meublait : « Emmanuel Macron a achevé son intervention en opposant sa vision politique à celle de Marine Le Pen, qu'il a pris soin de ne pas citer : "On ne fera pas l'unité du pays en promettant tout et en ne finançant rien", a-t-il dit. »

Delmas s'emporta :

— Qu'est-ce qu'ils attendent pour le sortir de là, nom de Dieu ?

47

Figeac. 17 heures. H – 2 minutes.

Luis grapilla du terrain parmi la foule. On souriait, on acclamait, on s'extasiait, on bousculait… Tous ces gens lui donnaient envie de vomir. Des moutons pathétiques. Ils le paieraient cher.

Il était à quatre mètres, mais il espérait mieux. Plus il s'approcherait, plus l'action serait vertigineuse. Drogué à l'adrénaline, il jubilait. Son crâne était en sueur, ses fringues lui collaient à la peau. Le soleil écrasait tout, et pourtant il ressentait à peine la chaleur. Briquet au creux du poing, il attendait le moment optimal. Devant lui, le rideau humain était assez dense pour masquer ses gestes. Il se répétait son plan, mentalement. Allumer la mèche, puis s'incruster en force, appareil à bout de bras. Jusqu'à la dernière seconde, on croirait à un lourdaud voulant une photo du candidat LREM. On chercherait en vain à le maîtriser.

Et ce serait l'explosion.

L'enthousiasme de la foule ne faiblissait pas. Femmes surexcitées, journalistes politiques en rut, lycéens hilares, bruyants. Pourquoi accorder autant d'importance à ce bonhomme ? Sourire factice sur les lèvres, intérieurement, Luis enrageait.

Macron rayonnait, jouait le jeu, se laissait photographier, serrait des mains. Les gardes du corps étaient plus nombreux que Luis ne le pensait. Il avait l'impression d'être cerné par ces silhouettes en costume, oreillettes, lunettes noires et mine sérieuse.

Soudain, le tableau changea. Les agents de sécurité semblèrent se compacter et faire rempart autour de Macron. Les gens commencèrent à être rabroués sans ménagement. Une bulle se forma autour du Président. On tentait de l'extraire.

Luis avait-il eu un geste ou une mimique malencontreuse au point d'inquiéter la sécurité ? Il pensait avoir été vigilant. Les autorités avaient-elles compris son projet et alerté les gorilles grâce aux oreillettes ?

Non. Pas maintenant. Pas si près du but…

Luis y croyait encore.

48

H - 30 secondes.

À l'écran, les choses évoluèrent. Les hommes du groupe de sécurité du président de la République s'agitèrent davantage autour de Macron.

— Ça bouge ! lança Sarah.

L'animateur de BFM bafouilla : « On dirait qu'il se passe quelque chose... Le Président est... Euh... Il y a du mouvement... Igor, vous savez quelque chose ? » Il n'y avait aucun prompteur pour lui sauver la mise. Flottement en direct.

Dans le bureau, temps suspendu.

Un cordon de sécurité se tissait autour de Macron, qu'on isolait des anonymes massés à son contact. Il fut abaissé au plus près du sol pour limiter son exposition. L'image vacilla, se flouta, grésilla. Le cadreur parut reculer. Sursaut, image subite du ciel bleu. On comprit que le technicien venait de tomber à la renverse. Retour brutal sur les invités en plateau, frappés d'incompréhension.

Guigui repassa sur CNews. Nouvel angle de vue. Le Président n'était toujours pas hors de portée d'une attaque potentielle. La foule se révélait dense, nombreuse. L'extraction difficile.

— Là ! cria Steph.

— Quoi ? demanda Sarah.

Le brigadier bondit et alla poser son index sur l'écran.

— Regardez le type avec la chemise à carreaux, là !

49

H - 15 secondes.

Abaissant l'appareil photo, Luis sortit la main de sa poche, actionna le briquet et enflamma la mèche. Compter entre quinze et vingt secondes avant l'apothéose. Il releva la tête, au milieu de la foule, statique, en décalage avec la dynamique générale. Pas bon pour la discrétion…

— Tu vas le faire, souffla-t-il entre ses dents.

Il vit Macron une seconde, puis le Président disparut. Les agents de sécurité venaient de le faire se pencher. Pas grave. Luis devait seulement rester au plus près de lui jusqu'à la déflagration libératrice. Ses yeux croisèrent alors par malheur ceux d'un type à oreillette. L'agent le jaugea du regard. Luis se sut démasqué.

— Là ! cria le policier en le désignant à ses collègues.

— Écartez-vous ! hurla un autre au public.

Les gens s'éparpillèrent, apeurés, sans comprendre. Luis se projeta vers l'avant. Il aperçut le Président, courbé, emmuré par ses vigiles. Ils s'étaient éloignés de quelques mètres mais restaient proches, à portée de l'engin de mort. Rien n'était perdu.

Il pouvait y arriver. Il allait y arriver.

Luis repéra deux hommes qui fondaient sur lui. Il ne ferait pas le poids. Bon sang, il fallait que ça explose… Le temps s'étirait. Pourquoi rien ne se passait ? La mèche n'était pas si longue…

Les agents le frappèrent au visage, il tomba à plat ventre. Ils allaient le menotter sur le bitume comme les flics savent le faire. Il s'enroula en position fœtale, tenant l'appareil photo contre lui pour préserver sa bombe le plus longtemps possible. Rien n'était plus crucial maintenant que ce vieux reflex bourré d'explosifs.

Il vit les flics sortir leurs armes. L'épilogue, bientôt.

Il faut que ça explose… Il faut que ça explose…

Enfin, un sifflement émana de l'appareil.

Puis il y eut un bruit monstrueux.

Et tout devint noir.

50

Heure H.

Soudain, une explosion.

Les pixels ne formaient plus qu'un amas uniforme, gris-bleu. La fumée. Stupeur. Un attentat à la bombe, en direct ? Le présentateur de CNews s'étrangla : « Une détonation vient de se produire… » La voix d'un prétendu expert suivit : « Où est le Président ? » Une femme répondit, mal à l'aise : « On ne voit rien… » L'animateur reprit la main, plus calme : « Il s'est passé quelque chose de grave. »

La bande-son n'était plus que voix paniquées, cris, pleurs… BFM stoppa sa retransmission. Guigui zappa. Les autres chaînes coupaient aussi leur direct, pour ne pas risquer de montrer l'abomination si la fumée se dissipait.

Martial, le regard fixe, ne disait mot. Sarah se tenait la tête entre les mains. Steph était près d'elle, incrédule. Guigui, télécommande dans une main, cigarette dans l'autre, ne songeait même plus à tirer sur sa Camel. Seul Foto osa parler :

— Putain, ça chauffe pour Macron…

En une seconde, Delmas revit ce qui s'était passé à *Charlie Hebdo*. À l'Hyper Cacher. Au Bataclan. Sur la Promenade des Anglais. Le père Hamel. Les deux policiers de Magnanville.

Samuel Paty. Et tant d'autres… Les corps disloqués, transpercés. Le sang innocent versé. Cette fois, c'était l'extrême droite qui attaquait, mais le résultat ne serait-il pas le même ? Destruction, désolation, tristesse…

Luc songea à Figeac, au Lot, à ses habitants.

L'horreur n'avait pas de lieu de prédilection.

51

36, rue du Bastion. 18 h 15.

Dans la salle de conférences, Martial était assis parmi ses collègues commissaires. La réunion touchait à sa fin. Son cœur et sa respiration reprenaient un rythme régulier. L'anxiété diminuait. Il retrouvait un peu de son self-control.

Une heure plus tôt, devant les images de l'attentat retransmises en direct à la télévision, Martial avait fait un malaise dans le bureau du groupe Delmas. Le commandant l'avait rattrapé avant qu'il ne s'effondre. On l'avait allongé, on lui avait fait boire de l'eau. Delmas et ses hommes s'étaient montrés compréhensifs, s'engageant à rester discrets sur l'incident. Martial s'en voulait d'avoir craqué de cette façon devant eux... La culpabilité le minait. Il n'aurait pas dû faiblir, montrer sa vulnérabilité.

Il avait regagné son bureau peu après, terrassé par le stress. Il avait pris deux Xanax, espérant une action rapide. Mais que lui arrivait-il ? Il s'était souvenu des paroles d'une psychologue du SSPO[45]. Le burn out, épuisement physique et mental, résultait d'un surmenage au travail, mais pouvait éclater ou empirer en raison de problèmes privés ou d'un événement brutal. Martial en était-il là ? Assailli sur tous les plans, il sentait la lassitude peser lourd sur ses épaules. Cet attentat constituait-il l'événement de trop que son cerveau n'acceptait pas ?

Convoqué une vingtaine de minutes après, il avait rejoint la salle de conférences, chancelant. Il avait camouflé son trouble autant que possible. Au pupitre, les hautes instances avaient présenté un point de situation. Martial s'était efforcé de suivre, mais il transpirait tant qu'il avait pensé à sortir. Heureusement, les annonces favorables des autorités avaient eu raison de ses tremblements – à moins que ce ne soit le Xanax qui avait commencé à faire effet. Au fil des minutes, lentement, le calme était revenu couler dans ses veines. À présent, il se sentait presque dans son état normal, lucide.

Il observa les autres policiers autour de lui, en espérant avoir réussi à masquer son malaise. A priori, oui. Ses collègues suivaient l'intervention, concentrés. Le directeur du 36 conclut :

— Voilà donc, pour résumer ce qui vient d'être dit, les trois informations à retenir à l'instant T. D'abord, le président de la République est sain et sauf. M. Emmanuel Macron a pu être placé en sécurité à temps.

« Deuxième point positif, aucun décès n'est à déplorer. La charge explosive artisanale n'a fait que trois blessés légers, dont un policier du GSPR et deux jeunes femmes. Aucun n'aura de séquelles physiques.

« Enfin, l'auteur est identifié. Il s'agit de Luis Gimenez, qui a été transféré au centre hospitalier local. Son pronostic vital est engagé. Ironie du sort, il est la seule victime sérieuse de son attaque. L'explosion l'a grièvement blessé à l'abdomen, au thorax et au visage.

« Ces éléments vont faire l'objet d'une conférence de presse dans les prochaines minutes. Vous pouvez les communiquer à vos effectifs. La DGSI et la SDAT sont en charge des investigations dans le Lot. Je vous demande de rester mobilisés et à disposition. »

52

Un étage plus bas, Guigui ricanait jaune :

— C'est un tocard, ce Gimenez. Une merde, vraiment.

— Vous avez un langage fleuri, commenta Martial.

Tous riaient. Le groupe venait d'être rejoint par le commissaire, qui sortait de réunion. Les nouvelles étaient bonnes. L'information principale concernait le sort du terroriste, qui s'était fait exploser sans blesser personne, ou presque. Un bilan miraculeux vu le contexte de foule. Luc, pourtant très empathique, ne ressentait aucune pitié pour cet homme.

Martial était assis sur le canapé même où il avait dû s'allonger, une heure et demie plus tôt. Delmas et les autres s'étaient inquiétés, craignant un infarctus. Martial s'était décomposé, debout, au moment où les télés montraient qu'une bombe venait de sauter. Il avait éludé leurs questions, refusé l'option médecin et demandé qu'on ne parle à personne de son malaise. *Peut-être pas si serein, le nouveau chef. On ne sait jamais vraiment ce que les autres ont dans la tête,* pensait Luc. *La vie est un jeu de rôle social.*

Martial paraissait en meilleure forme, mais son visage trahissait une réelle fatigue.

— Sous réserve des analyses ultérieures, exposa-t-il, c'est l'appareil photo qui était piégé au niveau de l'objectif, rempli de mélange explosif, avec un système de détonation par allumage de mèche. D'après ce qu'on voit sur les images, Gimenez était couché face contre sol au moment où on essayait de le serrer. Cette position a permis d'atténuer l'explosion. Les effets de la déflagration se sont concentrés sur son propre corps. Une sorte de bouclier…

— Un pied nickelé, je vous dis, grinça Guigui.

— Si vous ajoutez à cela que la bombe a « foiré », il n'y avait rien d'assez puissant pour espérer faire de gros dégâts, reprit Martial. Gimenez est touché au ventre – éviscération –, au thorax, au cou et gravement au visage. S'il s'en tire, il va sûrement rester défiguré.

— Bien fait pour sa gueule, cracha Steph. Heureusement qu'on a affaire à des branquignols…

— Apparemment, il avait fabriqué un système assez rudimentaire, précisa le commissaire. Rien à voir avec les explosifs qu'on peut retrouver chez les braqueurs de fourgons, par exemple. Tout cela reste à confirmer, on n'en est qu'aux constatations.

— Ce blaireau n'a pas dû essayer son truc avant de se lancer, déclara Steph. Il a voulu péter plus haut que son cul et voilà le résultat, c'est lui qu'on retrouve en morceaux. Ça se finit bien.

Martial haussa les sourcils, sûrement étonné par la violence des propos du brigadier. Luc savait pourquoi Steph se montrait aussi véhément envers Gimenez. Son « manifeste » contenait un nombre ahurissant de diatribes anti-asiatiques. Steph, d'origine japonaise, ne l'avait pas digéré, considérant par ailleurs la communauté asiatique comme le parent pauvre de l'antiracisme.

— Il y a une part d'amateurisme, confirma Martial. Pour ce qui est des dégâts collatéraux, le collègue du GSPR a reçu un éclat au visage, sans gravité. Les deux autres victimes sont des lycéennes qui étaient près de Gimenez. Elles n'ont que des blessures superficielles aux jambes. On les a transportées par précaution au centre hospitalier local.

— C'est un miracle, souffla Sarah.

La brigadière émit un reniflement, air affecté et regard vitreux, ce qui n'échappa pas à Guigui, qui la chambra :

— Tu vas pas te mettre à chialer ? Qu'est-ce qu'il t'arrive ?

— Laisse-la tranquille, lui dit Luc.

La production d'hormones liées à la grossesse devait certainement jouer sur l'émotivité et l'humeur de Sarah, songea Luc. Mais, ça, Guigui n'en savait encore rien.

Foto se tourna vers Martial.

— Et la voiture de Gimenez ?

— Il l'avait abandonnée sur un parking avant de finir le trajet à pied jusqu'au meeting. Il aura parfois pris des précautions et au contraire aura été imprudent sur d'autres aspects, comme laisser son véhicule dans un endroit fréquenté de la ville. Une erreur fatale.

— Typique de ces mecs désorganisés, indiqua Foto. Steph a raison, on a de la chance d'avoir affaire à des débiles.

— Il avait changé d'allure, poursuivit Martial à l'attention de Luc. Les images montrent quelqu'un d'assez différent de l'homme que vous aviez eu en audition.

Sur l'écran accroché au mur, CNews titrait :

ATTENTAT DE FIGEAC : LE PRÉSIDENT EST INDEMNE

En apercevant le bandeau, Luc demanda :

— Et Macron, on a plus d'infos ?

— Il est déjà en route pour Paris.

Foto pouffa.

— Imaginez si Gimenez avait réussi son coup. La belle réélection de dimanche… Annulé, le grand duel !

— Heureusement, rien de tel ne s'est produit, rétorqua sèchement Martial.

— Vous avez raison, patron !

Foto brandit sa bière dans sa direction.

— À la vôtre !

— D'ailleurs, remarqua Sarah, on ne vous a rien proposé, commissaire. Vous prenez une bière ? Kro, 1664, Leffe, Grim…

Tous les membres du groupe Delmas sirotaient une mousse fraîche.

— Rien, je vous remercie.

— Allez, commissaire, arrosez avec nous la neutralisation de cette raclure de chiottes ! lança Steph.

Les gars se lâchaient. Luc souriait. En position de force face au boss après son évanouissement, ils ne se privaient pas.

Julien Martial résista.

— Non, vraiment, merci.

Guigui conclut, en allumant une cigarette :

— Pourtant, ça pourrait vous faire du bien.

Elle saisit la télécommande. Sur BFM, on annonçait :

ATTENTAT : CONFÉRENCE DE PRESSE ATTENDUE

LCI s'intéressait au sort de Luis Gimenez. Une journaliste était filmée devant l'hôpital de Figeac. Au bas de l'écran s'étiraient des lettres rouges sur fond blanc :

LE TUEUR AU SCOOTER DANS LE COMA

Sarah tendit son majeur dressé vers l'écran.

— Bien fait pour sa gueule !

53

Le lendemain. 8 h 40.

Revue de presse traditionnelle. Encore au lit, Luc faisait défiler les titres, par dizaines.

FIGEAC : ATTENTAT MANQUÉ CONTRE EMMANUEL MACRON

EXTRÊME DROITE : LE TUEUR AU SCOOTER LUIS GIMENEZ TENTE DE S'EN PRENDRE À EMMANUEL MACRON

« TUEUR DU 93 » : L'HOMME RECHERCHÉ SE FAIT EXPLOSER LORS D'UN MEETING D'EMMANUEL MACRON

FIGEAC (LOT) : TENTATIVE D'ATTENTAT VISANT LE PRÉSIDENT DE LA RÉPUBLIQUE : AUCUNE VICTIME

ATTENTAT TERRORISTE CONTRE EMMANUEL MACRON : LE TUEUR AU SCOOTER DANS LE COMA

Le commandant choisit un article et le parcourut.

> ATTENTAT DE FIGEAC : LUIS GIMENEZ ENTRE LA VIE ET LA MORT
>
> Lors de son dernier meeting de campagne dans le Lot, Emmanuel Macron a été la cible d'une tentative d'assassinat. L'auteur de l'attaque, Luis Gimenez, est le néonazi recherché pour son implication dans plusieurs meurtres en région parisienne.
>
> […] Luis Gimenez n'a fait aucune victime à part lui-même. Si trois blessés légers sont à déplorer, le gardien d'immeuble est dans le coma, grièvement touché au visage. Son pronostic vital est engagé. […]

Pire que ça, pensa Delmas. Gimenez était orphelin de visage. Bouche, nez, yeux, front, peau des joues… Son engin avait tout dévasté. S'il s'en sortait, il resterait aveugle et pourrait difficilement retrouver la parole.

> […] Des gendarmes avaient repéré son véhicule sur un parking en périphérie de Figeac. De la littérature nazie, des armes et ses papiers d'identité y ont été découverts. […]
>
> […] L'homme avait préalablement indiqué dans une vidéo que la localisation de ses crimes répondait à une logique géographique. Il tuait près de chez lui, en Seine-Saint-Denis, par commodité. L'affaire de Figeac apparaît d'autant plus surprenante. […]

Le journaliste ne se trompait pas. Un déplacement de Gimenez en province n'était pas une hypothèse privilégiée. Mais on avait malgré tout renforcé la vigilance et la sécurité autour de la campagne électorale. La tête du suspect était connue, recherchée par des policiers et gendarmes aguerris, partout en France, dans un contexte de menace terroriste. Le tueur avait sous-estimé la riposte.

> […] Des effectifs de police parisiens spécialisés dans la lutte anti-terroriste (SDAT, DGSI) sont actuellement présents dans le Lot. […]
>
> Sur Twitter, Emmanuel Macron s'est adressé aux blessés et aux forces de l'ordre :
>
> « Profondément indigné par cet acte barbare, en soutien aux victimes et aux habitants de Figeac.
>
> « Je salue le professionnalisme et la réactivité des policiers et gendarmes qui ont permis d'éviter le pire en neutralisant un individu dangereux. L'extrême droite n'abattra pas la démocratie. » […]

Même sans l'intervention des officiers de sécurité, Gimenez n'aurait pas fait beaucoup de dégâts. L'explosif se réduisait à un montage faiblard et mal conçu, dangereux pour le porteur de la charge, mais sans potentiel de destruction annexe. Comme ces idiots qui s'arrachent une main en manipulant des feux d'artifice la nuit du nouvel an, Gimenez était le roi du pétard mouillé.

> […] Le président de la République est rentré à Paris rapidement après les faits. Selon son entourage, il souhaite désormais que le processus électoral se poursuive dans les meilleures conditions. […]

Luc posa son téléphone. Il but un thé rapidement puis se rendit au Bastion au pas de course. Le jogging du matin, le meilleur des réveils. Après sa douche sur place, il se rendit dans la salle de pause, où l'affaire de Figeac monopolisait les discussions.

L'attentat raté était marquant à double titre. D'abord par sa cible, la plus ambitieuse possible. Ensuite par son auteur, l'homme que tous, au Bastion, recherchaient.

Ce matin, seuls Guigui et Luc seraient à leur poste. Le commandant avait accordé du repos au reste de l'équipe. Ils s'occuperaient à eux deux des ajustements procéduraux nécessaires.

Luc rejoignit la major dans son antre enfumé.

— Ça va, ma Guigui ?

— Yes. Dis, Foto propose un repas demain soir pour arroser la fin de l'affaire et regarder la soirée électorale. On pourrait se faire ça chez moi… Ça te tenterait ?

— Banco. Vous avez proposé aux autres ?

— Pas encore. Je le ferai dans la journée.

— OK. Je m'occupe de prévenir Nico, je viendrai avec lui comme mercredi dernier.

Guigui alluma une cigarette à la fenêtre. Delmas se dit que cette soirée serait l'occasion pour Stéphane et Sarah d'annoncer la bonne nouvelle. On viderait des coupes de champagne par dizaines chez la future retraitée.

Martial fit un saut pour les saluer. Ils échangèrent sur Figeac et Gimenez, puis Guigui, pleine de tact, lança :

— Vous vous sentez bien, patron ?

Le commissaire releva un sourcil étonné.

— Pourquoi cette question ?

— Vous avez l'air crevé.

Luc lui trouvait aussi une mine désastreuse. Le stress de ces derniers jours. Le chef de section tempéra :

— On est tous fatigués. Après une affaire pareille, il y a de quoi. Mais je vous remercie de vous inquiéter pour moi.

Il sourit. Un sourire forcé.

Guigui sauta sur l'occasion.

— On fait un dîner de groupe demain soir chez moi, à Joinville-le-Pont. Vous voulez venir ?

— Bonne idée, ajouta Delmas.

Martial sembla hésiter.

— Pourquoi pas…

Il réfléchit, puis finit par répondre :

— C'est d'accord, je passerai.

Pendant quinze minutes, les trois policiers continuèrent à disséquer l'attentat, évoquant Macron, l'élection, les aspects techniques de l'enquête et les prochains développements. Martial reçut un coup de fil et se retira dans le couloir pour prendre l'appel.

Un instant après, il réintégrait le bureau.

— Luis Gimenez est mort, dit-il.

54

Expertise psychiatrique – Entretien du 16/06/2022. Retranscription et notes personnelles.

[…]

— Mon ancien nom n'existe plus. En revanche, je veux que vous tous, le monde entier, reteniez le nom qui est le mien aujourd'hui. Je serai cet homme pour l'éternité !

(Composante mégalomaniaque. Regard passionné.)

— Quel est-il ?

— Vous le savez. Abou Assad al-Faransi.

— Que signifie ce nom ?

— Assad, « le lion » ; al-Faransi, « le Français ». Quand j'ai connu mes frères d'armes, ils m'ont appelé comme ça. Ils ont compris qui j'étais. J'aime profondément ce nom, il me correspond.

— C'est-à-dire ? Vous vous sentez français ou vous vous sentez l'âme d'un lion ? Ou peut-être les deux ?

— Ne m'insultez pas, s'il vous plaît. Je hais la France. Je n'ai plus rien d'un Français. J'aurais préféré naître ailleurs.

— Donc, vous vous sentez l'âme d'un lion ?

— Le lion est le roi des animaux. Charismatique, puissant, félin, flamboyant. Un prédateur dont les techniques de chasse ne laissent aucune chance à ses proies. Je suis un lion.

[…]

55

Joinville-le-Pont, 24 avril. 18 h 10.

Guigui le savait : l'affaire du tueur au scooter – ou l'affaire de l'attentat de Figeac, ou encore l'affaire du tueur du 93 – était la dernière « grosse affaire » de sa carrière. L'écho médiatique, les moyens déployés, la pression hiérarchique, l'épilogue avec Gimenez dans le Lot… Difficile de faire mieux.

Elle ne revivrait pas ça d'ici à son départ à la retraite.

La *retraite*. Le mot scintillait dans son esprit.

La retraite, putain. La retraite.

Encore une poignée de mois avant la quille.

Guigui saturait. Elle aimait son travail, ne regrettait rien de ses choix professionnels, mais chaque jour passé au Bastion lui semblait plus lourd à assumer. Selon sa théorie, les flics possédaient un capital psychologique leur permettant de supporter le métier : un quotidien de misère sociale, de violences, de souffrances, de tensions, d'affrontements, de scènes insoutenables… Tant que la jauge de ce capital était pleine, le policier tenait. Plus elle diminuait, plus la force lui manquait. Et, lorsque le quantum était dépassé, le policier se consumait lentement, imperceptiblement, jusqu'à la rupture.

Guigui luttait, mais elle réussirait à encaisser. Jamais elle ne péterait les plombs dans l'ultime sprint.

Bientôt, elle irait se mettre au vert.

Dans sa région natale, loin de Paris.

Près des siens et de ses racines.

Enfin, elle respirerait. Fini les autopsies, les familles endeuillées, les constatations sur des scènes sanglantes… Combien de procès-verbaux avait-elle rédigés dans sa vie ? Bien assez pour mériter du repos. Place aux jeunes, ceux encore intéressés par la police.

Voilà à quoi pensait Guigui tout en préparant le dîner. Elle attendait l'équipe à 19 h 30. Au fond, ce qui lui manquerait quand elle en aurait fini avec la police, ce serait ses collègues.

Il y avait Luc, le chef sympathique, sûrement trop gentil, un peu naïf, mais qui connaissait si bien le métier. Foto, cet illuminé, drôle et mystérieux. Sarah et Steph, un couple épanoui, tellement évident. Guigui était heureuse que Sarah ait trouvé un partenaire qui lui convienne. Enfin, Nicolas, un type admirable, qui avait failli finir au cimetière bien rempli des policiers suicidés. Elle les aimait. Rien que pour eux, elle reviendrait souvent à Paris pour passer du bon temps à leurs côtés.

Guigui concoctait un plat végétarien pour Luc quand on sonna à la porte. Qui venait lui faire perdre du temps ? Elle était déjà en retard. Elle quitta la cuisine et traversa la salle de séjour jusqu'au vestibule. Elle ouvrit la porte.

La séquence s'enchaîna trop vite.

Elle ne vit qu'une silhouette noire.

— Mais… qu'est-ce que…

56

Joinville-le-Pont. 19 h 20.

Delmas avait récupéré son adjoint chez lui, dans le 15e arrondissement. Ce soir, le groupe aurait deux événements à arroser : la grossesse de Sarah et la fin de l'enquête. Luc aurait aimé fêter aussi le retour de Nico, mais ce n'était pas encore d'actualité : le capitaine venait de lui dire que son congé maladie était prolongé de quatre mois. Une décision raisonnable, selon Luc. Nico devait continuer à se reconstruire avant de reprendre sa place.

Ils étaient arrivés devant chez Guigui. Tandis qu'il coupait le contact, Delmas rassura son adjoint :

— Je suis sûr que tu vas revenir vite. Cet été, peut-être, en mi-temps thérapeutique… Ça va nous faire un bien fou, à tous. À toi, à moi, au groupe. Tu nous manques. Et tu nous as fait peur, on a cru qu'on allait te perdre.

Nico parut à deux doigts de pleurer.

— Merci de me soutenir, Luc. Merci.

Les deux flics descendirent du véhicule.

— Les autres sont arrivés ?

— On dirait que non. Pas de voiture. Pas de moto non plus. On est les premiers, répondit Delmas.

— Il paraît que le nouveau boss vient ?

— Exact. Martial doit passer, mais il m'a prévenu qu'il arriverait plus tard, vers 22 heures.

— Je vais faire sa connaissance, alors.

— Oui. Il est bien, tu verras. Mais il est à bout en ce moment. L'affaire Gimenez l'a essoré.

Les deux officiers traversèrent la rue. Luc aimait cette oasis pavillonnaire en bord de rivière, si verte, si calme, si peu fréquentée. On entendait le pépiement des oiseaux, le souffle léger du vent dans les arbres, le clapotis de la Marne… Point de clameur urbaine, de klaxons ni de moteurs agressifs.

Ils débouchèrent sur la terrasse.

— La porte est ouverte, dit Nico.

Ils jetèrent un œil à l'intérieur. Personne.

— Guigui ! cria Delmas.

Pas de réponse. Il fit retentir le carillon de la sonnette.

— Elle doit être occupée. On va attendre.

Ils discutèrent deux minutes.

— Elle n'a rien préparé dehors ? s'étonna Nico. On mange dedans ?

Il faisait doux. Une météo presque estivale.

— J'en sais rien. Elle doit être à la bourre.

— En général, tout est prêt quand on arrive.

Deux nouveaux coups de sonnette. Ils prirent place sur des chaises. Attendirent. Guigui ne venait toujours pas.

— Il faudrait pas qu'elle ait fait un malaise.

Delmas se leva, Nico l'imita. Le commandant entra dans le hall, l'adjoint dans son sillage, puis lança :

— GUIGUI, TU ES LÀ ?

— GUIGUI ! reprit le capitaine.

La maison était plongée dans le silence.

Soudain, derrière Luc, un hurlement.
Il reconnut la voix de Nico.
Luc se retourna.
Il vit son ami allongé au sol, gémissant.
Puis une silhouette fondit sur lui.

57

Joinville-le-Pont. 19 h 45.

— On est en retard, dit Sarah en retirant son casque.

Ils venaient de garer la moto derrière la 308 de Luc, face à la maison de Guigui.

— Pas grave. On n'est pas les derniers, y a que la caisse du chef. Tu as bien le champagne ?

— Je l'ai, dit-elle en pointant son sac à dos.

— Parfait.

Steph affichait déjà un large sourire. L'émotion commençait à l'étreindre. Annoncer la grossesse de Sarah au groupe représentait un moment fort. Peut-être qu'il ne pourrait pas s'empêcher de pleurer.

— Y a personne dehors ? demanda-t-elle.

— Non, pas sur la terrasse.

— Ils ont dû se mettre dedans. Dommage.

Ils s'éloignaient de la moto, casque à la main, quand Steph vit une ombre surgir des broussailles, près des berges. Il perçut le danger mais n'eut pas le temps de riposter, ni de mettre en garde sa bien-aimée qui marchait devant lui.

Il vit seulement une lame, longue.
Qui le frappa au ventre, à la gorge.
Il y eut la douleur, la peur.
Puis le néant.

58

Paris. 19 h 58.

Martial était chez lui devant la télévision. Il revenait du Bastion – les réunions s'étaient enchaînées – et n'avait aucune envie de ressortir pour aller à ce dîner de groupe chez Guilaine Monteil. Il avait été sensible à l'invitation, mais son canapé et le repos l'appelaient. Pour gagner du temps, il avait prévenu Delmas de son retard.

Les présentateurs de LCI meublaient l'antenne avant l'annonce du résultat électoral prévu légalement à 20 heures. Ils ménageaient un pseudo-suspense, alors que tout le monde prévoyait une victoire facile de Macron. Le fameux « front républicain ».

Presque l'heure. Martial monta le son :

« Aujourd'hui, en ce 24 avril 2022, qui sera le neuvième président de la Ve République ? Qui va succéder à Charles de Gaulle, Georges Pompidou, Valéry Giscard d'Estaing, François Mitterrand, Jacques Chirac, Nicolas Sarkozy, François Hollande, Emmanuel Macron ? Réponse dans cinq secondes… »

Le compte à rebours s'enclencha.

Cinq, quatre, trois, deux, un…

Puis le verdict attendu s'afficha en gros caractères : « Emmanuel Macron RÉÉLU à 58 % ».

« Emmanuel Macron réélu à 58 % ; Marine Le Pen, 42 %. Tout de suite, l'ambiance au Champ-de-Mars, puis au Pavillon d'Armenonville. »

On entendait des hurlements s'élever de la foule rassemblée près de la tour Eiffel. Drapeaux français. Applaudissements. Accolades et scènes de liesse. Martial suivait tout ça à l'écran d'un œil distrait.

Sur le plateau, Ruth Elkrief commentait les images :

« C'est apparemment un grand cri de joie qui a accueilli ce score. Notre envoyé spécial est sur place, en direct. »

Une voix d'homme prit le relais :

« En effet, Ruth, vous les entendez, les cris de joie et les applaudissements en ce moment même, derrière moi, des quelques milliers de militants, de soutiens présents ici pour Emmanuel Macron. Cris de joie donc, et ces drapeaux français et européens, tout un symbole. Il l'avait dit encore ces derniers jours : "Rien n'est joué." Match beaucoup plus serré qu'en 2017, on sent vraiment le soulagement ici ce soir. On attend maintenant le discours d'Emmanuel Macron, entre 21 heures et 21 h 30, nous dit-on. À quoi faut-il s'attendre ? On se souvient de la cour du Louvre et de cette entrée théâtrale sur l'hymne européen. On suivra ça très attentivement… »

Martial coupa le son et se rendit à la cuisine. Il se fit réchauffer une part de pizza. Même s'il y aurait de quoi manger plus tard avec ses collègues, il mourait de faim. Il fit le tour des chaînes de télé en savourant sa trois-fromages. Macron partout.

Son téléphone sonna. Le directeur de la PJ. Il ne le lâchait décidément pas, celui-là. Martial prit l'appel, la bouche pleine.

— Oui ?

59

Joinville-le-Pont. 20 h 42.

Devant la maison, les gyrophares habillaient les façades et les arbres d'un bleu translucide. Pompiers. Police. Samu. On avait verrouillé le secteur, loin, très loin. Un immense périmètre de sécurité s'étirait autour de la maison. Les policiers du secteur avaient fait vite, Martial avait même eu du mal à s'approcher.

Du Bastion, seul le Corse Tomasini était déjà sur place. Prévenu en même temps que les autres, le chef de groupe vivait à Joinville et n'avait eu qu'un kilomètre à faire. Martial le rejoignit, en retrait, à une cinquantaine de mètres du pavillon. La police technique et scientifique commençait son travail.

Le chef de la Crim' et le directeur de la PJ arrivèrent. Les quatre policiers avaient une mine dévastée.

— On en est où ? demanda le directeur.

La nervosité transparaissait dans chacun de ses mots. Les événements récents relevaient du cataclysme. Tomasini dit :

— Le Samu essaie de réanimer Sarah Barnowski.

Plus loin, au milieu de la chaussée, on avait tendu des draps pour masquer la prise en charge médicale. Les médecins se mobilisaient pour sauver la vie de Sarah. Du sang maculait le bitume, partout.

— D'accord. Quoi d'autre ?

Tomasini, ému, eut du mal à continuer. Contre toute attente, le rugueux Corse à grosse moustache se mit à sangloter.

— Les autres, commença-t-il, les autres... Ils sont morts... ils sont tous morts...

Martial sentit les larmes lui monter aux yeux. Il posa une main réconfortante sur le bras du commandant. Les deux patrons, déstabilisés, tentaient de garder leur contenance. Bien sûr, Tomasini ne leur apprenait rien.

On s'en était pris au groupe de Delmas. Un attentat terroriste. Chez Guilaine Monteil. C'est un voisin qui avait appelé la police, racontant qu'un homme en noir, cagoulé, avait hurlé « *Allahu Akbar* » dans la rue, près de chez lui, après avoir violemment attaqué deux personnes avec un long couteau.

Sur place, l'équipage n'avait pas immédiatement trouvé le suspect. Après le bouclage du périmètre, la chasse à l'homme avait été concluante. Le tueur, mutique, l'arme ensanglantée à ses pieds, avait été interpellé au fond d'un jardin, tout près. On lui avait retiré sa cagoule. Le regard éteint, l'esprit ailleurs, il répétait la même chose. « *Allahu Akbar. Allahu Akbar. Allahu Akbar.* »

Dans le même temps, des effectifs de police secours investissaient le pavillon et découvraient dans la cuisine les corps de Luc Delmas, Nicolas Pradier et Guilaine Monteil, entassés, égorgés, poignardés à des dizaines de reprises. La tête de Guilaine Monteil n'était plus rattachée au reste de la dépouille. Sur la route, devant la maison, Stéphane Lain gisait dans son sang. Décapité aussi. Près de lui, Sarah Barnowski demeurait la seule encore en vie, dans un état critique. Le bilan était effroyable.

Martial en avait la chair de poule. Il perdait peu à peu le contrôle. Il paniquait, croyait devenir fou, sentait une chaleur déplaisante monter en lui. Il ne s'en remettrait pas, pas cette fois. Il ne pourrait pas supporter cette nouvelle catastrophe. Sa vie s'effondrait, lui échappait.

— Eh, ça va aller, commissaire ?

On lui tapotait l'épaule. Cette fois, c'est Tomasini qui venait à son secours. Chacun son tour. Ce contact le rassura, le ramena au réel. Il reprit pied.

Le chef de la Crim' lança :

— Il est où, l'enfoiré ?

— À l'arrière de la voiture, sous surveillance, dit Tomasini en désignant un 3008 banalisé garé en bord de Marne.

— Allons voir, ordonna le directeur.

Les quatre policiers se dirigèrent vers le véhicule. Autour d'eux, dans le crépuscule émaillé des lumières des gyrophares, on s'agitait. Des dizaines de policiers quadrillaient la scène de crime.

Derrière la vitre du monospace, immobile, se dessinait la silhouette du terroriste, les épaules rentrées, le regard dirigé droit devant lui. Aucune émotion ne semblait habiter cet homme.

— Il n'a pas dit un mot, indiqua le flic en faction.

— Il a de la chance de s'en tirer vivant, dit le patron de la Crim'. Il aurait suffi qu'il lève sa lame pour se faire abattre. J'aurais préféré.

Le chef de la PJ le contredit d'un ton sec :

— Pas moi. Je veux comprendre.

Martial, lui, en regardant à travers la vitre le criminel menotté, éprouva lassitude, solitude, désespoir.

Alors, l'un des urgentistes qui tentaient de sauver Sarah vint auprès du groupe. Blouse sanglante et mine lugubre, il dit :

— Je suis désolé. On a fait tout ce qu'on a pu.

60

Expertise psychiatrique – Entretien du 16/06/2022. Retranscription et notes personnelles.

— Vous avez tué des policiers…

— Des mécréants. Qui travaillaient pour un pays de mécréants, colonisateur, raciste et meurtrier. Je devais le faire.

— Pourquoi à ce moment-là ?

— Les étoiles se sont alignées. J'attendais depuis des années, en secret. Je n'avais qu'une chance et mon heure est arrivée. C'était ce jour-là et pas un autre. Le destin. *Mektoub.*

(Il se met à rire et reprend, l'air satisfait :)

— Le groupe pensait fêter la plus grande des victoires. Il allait en réalité subir la plus grande des défaites ! Et le soir de l'élection, c'était multiplier la portée médiatique et symbolique par dix !

(Les rires redoublent. Il se gargarise.)

— J'ai montré que nous étions les plus forts. J'ai frappé la France en plein cœur. Je l'ai atteinte au moment où personne ne s'y attendait. *Allahu Akbar !*

(Il pointe son index vers moi, vindicatif.)

— Je suis Abou Assad, le lion de Daech, toujours en embuscade, imprévisible. J'ai tué l'élection et la police en même temps.

J'ai tué la République française et son bras armé en même temps. Ils n'ont rien pu faire ! C'est une victoire absolue !

— Vous avez tué vos propres collègues…

— J'ai vengé mes frères, j'ai défendu l'islam.

— Vous devez assumer votre nom.

— Je suis Abou Assad al-Faransi !

(Le sujet s'est mis debout et a crié.)

— Écoutez-moi. Vous vous appelez Mario. Mario Giordano.

(Il semble prêt à exploser, mais retrouve son calme.)

— Ça suffit. Je ne parlerai plus. Faites-moi raccompagner à ma cellule.

61

Martial venait de rentrer chez lui. Il était 5 heures du matin.

Une migraine lui dévorait la moitié du crâne. Paracétamol. Ibuprofène. Codéine. Rien n'y avait fait. Les cachetons gobés sans précaution au fil d'une soirée sans fin, plus les anxiolytiques, avaient peut-être aggravé le mal. Allongé sur son lit, en costume, le commissaire se tenait la tête entre les mains, visage grimaçant, mains moites. En nage, il délirait presque.

Martial croyait à peine au désastre. Une sensation désagréable, comme un fourmillement au fond de ses oreilles, lui donnait l'impression de devenir cinglé. Peut-être l'effet des médicaments et du stress généré par les visions cauchemardesques de la nuit. Une image le hantait, celle de la dépouille de Guilaine Monteil. Il avait d'abord vu sa tête, qui avait roulé pour s'arrêter posée sur sa base, au milieu de la cuisine. Ses cheveux blonds, sa peau tannée, son visage si strict mais si beau… Plus loin, il y avait son corps de quinqua sportive, tranché au ras du cou. Martial en avait eu la nausée.

Il revoyait aussi les dépouilles des officiers Delmas et Pradier, exsangues, auréolées d'hémoglobine brune, séchée. Chairs découpées. Percées. Mises à nue. Des regards de cadavres figés dans une expression de surprise atroce, reflétant la soudaineté de l'exécution. Dehors, pour Lain et Barnowski, mêmes scènes d'épouvante.

Martial sentit son estomac se nouer. Il courut aux toilettes, et eut tout juste le temps de se pencher pour remplir la cuvette du peu qu'il avait dans le ventre. Peut-être les derniers comprimés avalés étaient-ils partis avec… C'était mieux ainsi, il en avait tellement pris. La gorge et les entrailles en feu, il finit par s'asseoir contre le mur, un goût acide dans la bouche, essoufflé.

Mille images parasitaient son esprit. Le flic, incapable de savoir si son dégoût provenait de l'odeur de gerbe ou des flashs terrifiants, sentait qu'il perdait la maîtrise de lui-même. Il se redressa, se vida à nouveau, puis pensa à Mario Giordano, l'abominable « Foto », ce fou furieux qui avait tué ses collègues… L'idée même dépassait Martial. Il ne parvenait pas à saisir comment cela avait pu arriver. Foto… ce gars un peu lourd, un peu original, mais en apparence normal… Un islamiste radical !

Le commissaire vomit une nouvelle fois avant de s'assoupir dans les toilettes. Quand il se réveilla, bien plus tard, la migraine s'était calmée. Il se traîna au salon, la langue pâteuse. Il alluma la télé. LCI. Les infos de 7 heures : « … un attentat a fait cinq morts hier à Joinville-le-Pont, en banlieue parisienne. D'après les informations qui nous parviennent, c'est un policier en exercice d'une quarantaine d'années, affecté à la brigade criminelle, qui s'en est pris à ses collègues de travail, les tuant à l'arme blanche. Selon plusieurs témoins, dont l'un a pu être interviewé par notre envoyé spécial, l'homme a crié « *Allahu Akbar* » à plusieurs reprises. Le parquet anti-terroriste est saisi. Les faits se sont déroulés vers 20 heures, quelques minutes avant l'annonce des résultats de l'élection présidentielle. La victoire d'Emmanuel Macron se retrouve en partie occultée par cette affaire. On ignore si le président réélu prendra la parole ce matin. En revanche, une conférence de presse du parquet est attendue. »

Un spécialiste police-justice prit le relais sur le plateau. Encore peu informé, il broda en alignant des banalités sur des éléments déjà connus, mais conclut avec ces mots :

« L'enquête devra expliquer ce qui a pu se produire dans ce service prestigieux de la police parisienne. Comment un policier peut-il en arriver là ? Commettre un attentat visant ses propres collègues, vous imaginez… Il faudra analyser, interroger, fouiller, reconstituer le parcours de cet homme radicalisé pour comprendre et établir les responsabilités des uns et des autres. »

Les responsabilités. Bien sûr qu'il faudrait les établir. Même si Martial n'était affecté que depuis peu, il aurait à rendre des comptes, comme tous les autres. Peut-être même que certains le désigneraient comme le chef qui n'a rien vu venir… Mais ses états d'âme n'étaient rien comparés à la mort de ses collègues. Il n'était pas une victime. Les victimes, les vraies, se trouvaient quai de la Rapée, dans des compartiments réfrigérés. Malgré tout, il devait se préparer à cette réalité : des têtes tomberaient, et la sienne à coup sûr.

Il fallait des fusibles dans la police.

62

PRÉFECTURE DE POLICE – TERRORISME : MARIO GIORDANO, UN ENNEMI DE L'INTÉRIEUR

Un an après l'attentat revendiqué par Daech qui a fait cinq morts à Joinville-le-Pont, les investigations montrent que la radicalisation du policier s'est opérée dans l'ombre de ses collègues. Le profil psychologique de Mario Giordano révèle une personnalité « asociale, perverse et violente » sans signaux d'alerte, et renvoie au concept de taqiya – dissimulation stratégique de la radicalisation avant passage à l'acte – décrit par certains experts du terrorisme.

Par la rédaction, le 24 avril 2023.

« Toujours OK pour demain soir ? » Réponse : « Ça marche, j'y serai, biz. » Des SMS échangés la veille de la tuerie entre le commandant Luc Delmas, chef de groupe à la Crim', et Mario Giordano, un brigadier-chef qu'il avait sous ses ordres depuis des années. Comment imaginer, à travers ces mots anodins, l'imminence de l'attentat le plus meurtrier qu'ait connu la police française ces dernières décennies ? Portrait d'un ennemi de l'intérieur.

Un policier expérimenté et fantasque

Né en 1977, Mario Giordano entre dans la police à l'âge de vingt-cinq ans. L'homme fait ses débuts au commissariat de Pantin avant d'intégrer le 2e district de police judiciaire à Paris, puis le célèbre 36, Quai des Orfèvres, désormais implanté dans le 17e arrondissement, rue du Bastion. Deux ans à la brigade des mineurs, puis il atterrit à la Criminelle sous les ordres du commandant Luc Delmas. Il y restera jusqu'aux événements tragiques du printemps 2022.

Décrit comme un solide enquêteur, rompu aux techniques d'investigation modernes, Giordano renvoie une image plus contrastée quant à ses années de voie publique. Des témoignages de policiers l'ayant côtoyé à la BAC rapportent des comportements violents et des accès de colère disproportionnés, éléments qui n'ont pas, visiblement, attiré l'attention de sa hiérarchie ni nui à sa carrière. Paradoxalement, il est qualifié par ses collègues – anciens et actuels – de « bon compagnon » ou de « joyeux drille », serviable. Dès lors, on voit se dessiner un personnage à double face, capable du meilleur comme du pire.

En 2014-2015 et 2020-2021, pendant quatre années au total, Mario Giordano bénéficie de deux disponibilités, ces périodes temporaires de cessation d'activité prévues par l'administration pour faire face à certaines situations (exercice d'un mandat électif, création d'une entreprise, reprise d'études ou congé pour convenance personnelle...).

Car ce policier ne correspond pas vraiment au profil du flic lambda… Aventurier dans l'âme, photographe amateur, « citoyen du monde » comme il se définit lui-même, l'homme aime par-dessus tout découvrir de nouveaux horizons. Mi-flic, mi-routard, l'allure un brin négligée, il est surnommé « le baroudeur » à la PJ. Ses années hors police lui permettent d'assouvir sa soif de voyages. C'est dans ce cadre a priori sain que l'engrenage mortel se met en place.

La construction d'un djihadiste

Selon le Parquet national anti-terroriste, Giordano adhérait à « une vision radicale de l'islam ». Le natif de Cergy (Val-d'Oise) a reçu de ses parents d'origine italienne – aujourd'hui décédés – une éducation catholique. Baptême, confirmation, première communion, il a suivi le parcours traditionnel de l'éducation chrétienne. À quand remonte le basculement l'ayant poussé à embrasser l'islam ? Par quel mécanisme sa foi musulmane s'est-elle muée en projet destructeur ?

Si, pour l'heure, l'instruction n'a pas réussi à préciser où, quand et comment est advenue sa conversion à la religion de Mahomet, on sait qu'il a fréquenté quelque temps une mosquée modérée de Villiers-le-Bel en 2013. Ainsi, son intérêt pour l'islam remonte à une période antérieure à ses voyages de 2014 et 2015, séquences déterminantes dans la construction idéologique du terroriste.

Les investigations – exploitation de ses contenus numériques, perquisition de son appartement de Montmorency – permettent de confirmer une pratique religieuse soutenue, quotidienne, mais ignorée de son entourage, lequel se limitait à ses collègues de travail.

Mario Giordano était un célibataire solitaire, un voyageur sans attaches, quasi asocial, sans famille ni amis proches. La recomposition partielle de ses itinéraires autorise à penser qu'il s'est formé au djihadisme dans des territoires contrôlés par Daech, en Irak et en Syrie. Sa trace a été retrouvée en 2014 et en 2020 dans la province d'Alep. Au moins un témoignage – celui d'une djihadiste française actuellement détenue au Kurdistan – confirme avec certitude l'embrigadement du policier dès l'année 2014 au sein d'un camp de futurs « martyrs » essentiellement venus de l'étranger.

Comment, à l'époque, est-il passé entre les mailles du filet ? « Je ne suis pas surpris. La lutte anti-terroriste n'est pas une science exacte. En 2015, on était loin du niveau d'aujourd'hui », explique un ancien de la DGSI, ajoutant que « le métier de Giordano lui a servi pour évoluer sous les radars. Un policier qui attaque les siens est la pire des configurations. » Évidemment, on pense à l'attentat de la préfecture de police de Paris en 2019. L'informaticien Mickaël Harpon avait poignardé à mort quatre de ses collègues, au sein même d'un service de renseignement. L'histoire est un éternel recommencement.

La taqiya

Mario Giordano a commis un attentat « low cost », au couteau, mode opératoire ne laissant presque aucune trace de préparatifs. Qualifié dans un rapport d'expertise psychiatrique comme présentant une personnalité « asociale, perverse et violente », le terroriste a veillé à ne rien changer de sa façon d'être en société les jours et semaines ayant précédé l'attaque. Si ses collègues directs ne sont plus là pour en témoigner, ceux qui croisaient sa route au Bastion n'ont rien remarqué.

C'est là qu'intervient le phénomène de taqiya, terme désignant à l'origine la dissimulation ou négation de sa foi pour éviter la persécution. Récemment, des auteurs ont étendu le concept à la pratique consistant à camoufler ses convictions dans un objectif de conquête, notamment via des actions terroristes djihadistes.

L'idée est de légitimer par le Coran le fait de permettre à des terroristes de se fondre dans la population, quitte à enfreindre des règles de l'islam telles que l'interdiction des relations sexuelles hors mariage ou la prohibition de l'alcool. Autrement dit, on autorise à « infiltrer les mécréants en vivant comme eux » avant de passer à l'action.

Giordano, dont l'ordinateur regorgeait de propagande djihadiste, a-t-il joué son rôle d'ennemi silencieux au point qu'on ne soupçonne rien ? Serait-il une illustration de cette taqiya en tant qu'arme de conquête ? L'information judiciaire devra répondre à ces questions.

Un groupe d'enquête « dysfonctionnel »

Personne n'a survécu au sein du groupe, et il demeurera compliqué d'établir s'il a pu exister des signes avant-coureurs. Néanmoins, on sait que le management du commandant Luc Delmas et la personnalité des membres de son équipe soulevaient des questions. Les policiers défunts ont été qualifiés de « flics borderline à qui on laissait un peu tout faire » ou de « types qui n'ont rien à faire dans la police ». Ces fonctionnaires bénéficiaient pourtant d'excellentes notations, y compris Mario Giordano. Ce laxisme étayé par plusieurs témoignages à la PJ – mais aussi dans d'autres services – aurait-il pu contribuer à créer un climat propice à la dérive de Giordano ? Luc Delmas et son adjoint Nicolas Pradier ont-ils exercé le contrôle hiérarchique indispensable à la bonne gestion de leur équipe ? Et qu'en est-il de leurs supérieurs ? Le jeu des chaises musicales a bien sûr eu lieu. Plusieurs responsables au sein de la PJ ont été déplacés à la suite du carnage. On pense au chef de la brigade criminelle ou au supérieur direct de Luc Delmas, le commissaire Julien Martial, chef de section. Une source au Bastion, toujours en poste, déclare : « Martial était inexpérimenté à ce niveau, pourquoi lui confier la section comprenant un groupe aussi dysfonctionnel et difficile que celui de Delmas ? Il n'était pas à la hauteur, en tout cas pas assez préparé. » L'IGPN enquête en parallèle des investigations judiciaires. Compte tenu du travail restant à effectuer, le procès de Giordano et de ses complices éventuels ne se tiendra pas avant plusieurs années.

63

Besançon. 8 h 27.

Julien Martial acheva sa lecture.

— Les ordures…

Il frappa du poing sur son bureau, encore et encore… Il s'arrêta quand la douleur au poignet devint trop forte. Pour la première fois, on ne se limitait plus à ses initiales, on jetait son nom en pâture dans un journal. En plus, on le chargeait. Sa colère, fugace, se dissipa. Pour se transformer en un pêle-mêle de sentiments déplaisants. Abattement. Fatigue. Impression d'injustice. Ce cocktail l'empoisonnait jour après jour.

L'article exposait les grandes lignes de l'instruction, mais sans préciser certains éléments. Tout ne parvenait pas – et heureusement – aux oreilles des journalistes. Par exemple, on savait que Giordano dit « Foto » ou « Abou Assad al-Faransi », son nom de guerre, devait sa conversion à une de ses voisines. Cette femme pieuse, convertie elle aussi, n'avait rien d'une radicale ni d'une terroriste. Le policier, qui en pinçait pour elle, avait adhéré à son discours nimbé de spiritualité. La suite, et le tournant violent qu'il avait pris, n'appartenait qu'à lui.

Car Giordano avait fréquenté la « mosquée Daech » à Sevran, connue pour avoir été un lieu de recrutement de candidats au djihad.

Quel déclic, quelle incidence l'avait un jour poussé à franchir le seuil de ce lieu ? Qui l'avait embrigadé ? Comment ? Où ? Sur Internet ? Via une rencontre physique ? Mystère. Saurait-on un jour ? Avec l'omerta et le temps qui passait, rien ne l'assurait… Des témoignages de fidèles à Sevran décrivaient un homme discipliné, silencieux, investi dans la pratique du culte. Les recherches avaient confirmé sa prudence sur les réseaux sociaux et au téléphone. À la mosquée, personne ne savait qu'il était policier. Au Bastion, personne ne savait qu'il était musulman. Un caméléon. Un soldat de Dieu dans sa chrysalide.

Martial découpa le texte, le plaça dans la pochette ouverte devant lui : le tome IV de ses archives, bientôt rempli. Les trois premiers contenaient déjà des centaines de coupures de journaux, de feuillets imprimés du web, d'entrefilets grossièrement déchirés… Depuis un an, devenu un forçat de la revue de presse, il conservait tout ce qu'il trouvait sur l'attentat… Sans doute se faisait-il du mal en s'infligeant cet exercice. Il s'obligeait à ressasser les faits. Pas de répit pour son cerveau déjà éprouvé.

9 h 42.

La réunion des chefs de service se termina. Enfin. Un calvaire. Martial regagna son bureau, plus fébrile que jamais.

Lundi 24 avril 2023, premier anniversaire du désastre. Martial appréhendait cette date. À raison. Depuis son réveil brutal à 4 heures du matin, il se sentait mal. Gorge nouée. Oppression thoracique. Vertiges. Sueurs.

Il était venu au bureau en pleine montée de stress, contraint de jouer la comédie – sourire factice, air détendu – avec les collègues croisés. Même cinéma pendant la réunion. Martial s'épuisait dans un éternel jeu d'apparences, comme il l'avait toujours fait, déjà au Bastion. Rien n'allait chez lui, mais il savait donner le change.

Il ne travaillait plus à la Crim'. Il s'était fait éjecter un mois après l'attentat. D'autres également… On avait procédé à un grand ménage. Il se leva et marcha jusqu'à la fenêtre. Son bureau donnait sur l'avenue de la Gare et la préfecture du Doubs. Affecté à la DDSP 25[46], il avait au moins pu choisir son lieu d'atterrissage après l'annonce de son limogeage. Dans la liste des postes vacants, il avait opté pour Besançon. Né à Pontarlier, il connaissait la région. Il exerçait à présent les fonctions de chef de la sûreté départementale, le service d'enquêtes du commissariat.

Fini la prestigieuse PJ parisienne.

10 h 31.

Impossible de se concentrer. Martial pensait trop.

Cette journée serait une séquence rude pour ses nerfs, une lutte de chaque instant, un combat contre ses maux, contre ses démons qu'il refusait de regarder en face. Le psychiatre qui le recevait deux fois par mois à Montbéliard – à une heure de Besançon, par discrétion – lui répétait qu'il devait réagir. Ce médecin à l'ancienne, au propos franc et direct, avait voulu lui prescrire un arrêt de travail en plus des médicaments.

— Vous êtes dépressif et vous le savez. C'est sérieux, vous devez vous reposer. Oubliez le travail et restez chez vous.

— Pas question.

Martial continuait à bosser, coûte que coûte. Selon lui, dans ce métier, on n'avait droit à aucune faiblesse, aucune baisse de moral. Une vision partagée par beaucoup de flics.

Sans doute une erreur.

11 h 46.

Martial voulait s'isoler. Il ne répondait pas au téléphone. Ne réagissait pas quand on frappait à sa porte. Scotché à Internet sur son ordinateur, il traquait la moindre information sur l'affaire. Voir son nom apparaître dans un article, avec les propos d'une « source au Bastion » affirmant qu'il n'était pas à la hauteur, ne l'avait pas seulement agacé. Il s'en trouvait bouleversé. Des tremblements le secouaient.

Il avait été auditionné plusieurs fois par les bœuf-carottes. Les commissaires de la Crim' étaient passés sur le gril pour que soient établies les responsabilités de chacun. Lui ne voyait pas ce qu'il aurait pu faire pour éviter ce drame. Il venait d'arriver quand Giordano était passé à l'acte. Tout le Bastion était alors mobilisé sur l'affaire du tueur au scooter. On ne pensait qu'à ça, rien d'autre n'existait.

Si tant est que le laxisme de Luc Delmas ait été en cause – peut-être Giordano aurait-il réussi son coup dans tous les cas –, le problème remontait à plus loin dans le temps. Le chef de section que Martial remplaçait, Dustan, avait fermé les yeux autant que Delmas. L'ancien commissaire l'avait reconnu quand Martial s'était entretenu avec lui lors de sa prise de poste. Il n'avait fait que récupérer la patate chaude après le départ en retraite de Dustan. Il n'y était pour rien.

Cette évidence, Martial devait se la répéter. Beaucoup. Souvent. Car ces connards réussissaient à le faire douter.

64

13 h 52.

Il continuait de surfer sur Internet malgré la saturation psychologique. Les articles, les reportages sur les chaînes télé, les micros-trottoirs et analyses sans intérêt s'enchaînaient. Des cérémonies officielles étaient prévues à Paris dans l'après-midi. Elles seraient couvertes en direct. Audience garantie. Sur le fond de l'affaire, les pseudo-experts de plateau occupaient l'antenne comme ils pouvaient.

Au fil des mois, Martial faisait en sorte de savoir comment l'enquête SDAT/DGSI avançait. Le commandant Tomasini – le seul en qui il avait confiance au Bastion – le tenait informé de ce qu'il apprenait à Paris. Il décida de l'appeler.

— Comment allez-vous, commissaire ?

— Journée compliquée, vous l'imaginez. Vous avez lu la presse ? Je suis cité nommément dans un article.

— J'ai vu, oui. N'en faites pas cas.

— On me met directement en cause. Cette « source au Bastion » a l'air d'avoir la dent dure à mon sujet. Ça vous dit quelque chose ? Vous savez de qui ça pourrait venir ?

— Aucune idée, ça peut être n'importe qui. Tout le monde finit par se renvoyer la balle… mais ça va se tasser. Tenez le coup, commissaire. Vous n'y êtes pour rien et les gens le savent. Je vous sens nerveux, détendez-vous.

Pour que Tomasini s'autorise cette familiarité avec lui, c'est qu'il devait donner l'impression d'être à bout. Malgré tout, ses mots ne parvinrent pas à le réconforter.

— Merci, commandant.

— Vous avez besoin de quelque chose ?

Non, il n'avait besoin de rien. Juste que sa migraine infernale cesse. Martial écourta l'appel. Il tremblait toujours. Plus la journée s'étirait, plus le malaise s'accentuait. Il pétait les plombs, il crut même qu'il allait s'évanouir. Ça virevoltait dans sa tête. Il songeait aux victimes, à ce bain de sang effroyable, avec en point de mire un sentiment de culpabilité toujours plus marqué.

Écrasé par la panique, il songea à aller à l'infirmerie. Il se ravisa. Comment ne pas avoir honte de demander de l'aide de cette façon ? Jamais de la vie. Toute la boîte l'apprendrait.

Il se força à respirer. Lentement. Profondément.

15 h 44.

Martial réémergeait.

La force de l'attaque de panique lui avait fait perdre connaissance. L'angoisse demeurait. Sa chemise, ses tempes, ses mains, son pantalon de costume, tout était trempé de sueur. Il grelottait, un froid aigu lui glaçait les membres, alternant avec des bouffées de chaleur. Il ressentait une grande solitude.

Il lança un appel téléphonique. Son psychiatre. Il commença à pleurer, avant de se reprendre. D'une voix chevrotante, il évoqua son mal-être, son angoisse. Le médecin lui parla calmement :

— Ne restez pas seul, commissaire. D'où m'appelez-vous ? Vous êtes chez vous ? Ou à votre travail, peut-être ?

— Dans mon bureau, au commissariat.

— Il faut que vous vous changiez les idées, hors contexte de travail. Vous avez besoin de vous reposer l'esprit, de discuter avec quelqu'un, de prendre du recul.

— Je n'ai personne à aller voir. Et je refuse d'abandonner mon poste.

— Dans ce cas, allez discuter avec l'un de vos collègues, vous vous sentirez mieux. Décrochez de votre ordinateur, sortez de votre bureau, respirez. Vous pouvez aller faire un tour à pied dans les couloirs, ou à la machine à café. Choisissez…

— C'est ce que je vais faire, prétendit-il. Merci.

Il s'empressa de raccrocher. Pas question d'ameuter tout le service à propos de son état. Il se débrouillerait seul.

Les tremblements devinrent des spasmes. Son téléphone sonna. Le psy essayait de le rappeler. Il ne répondit pas. Il se mit à marcher dans son bureau, de long en large, à pas rapides, sans pouvoir se calmer.

Son nom avait été sali dans la presse. Il en était profondément meurtri. Il songea à ses parents, couple d'agriculteurs francs-comtois. Ils s'étaient privés pour financer ses études et avaient respecté son projet de devenir policier. Une véritable preuve d'amour de la part de ceux qui rêvaient de voir leur fils unique reprendre la ferme. Et voilà ce que ces braves gens récoltaient : leur nom livré en pâture. Martial leur téléphonait rarement. Plus il s'était éloigné du monde campagnard, plus il avait rompu les liens. Ils ne savaient pas grand-chose de ses problèmes, à part qu'il ne vivait plus avec Anne. Depuis son retour dans la région, il ne leur avait pas encore rendu visite. À cet instant, il le regrettait du fond du cœur.

Il les contacta. Une impulsion.

— Ça me fait plaisir que tu nous appelles, dit sa mère.

Entendre sa voix lui provoqua aussitôt un haut-le-cœur et des vertiges. Mais pourquoi ? Qu'est-ce qui clochait chez lui ?

— Moi aussi, répondit-il mécaniquement en s'asseyant pour ne pas tomber. Vous avez vu les journaux ?

Chacun de ses mots dégageait une nervosité, une urgence.

— Non. On ne lit pas beaucoup, tu le sais… Pourquoi cette question ? Tu as l'air bizarre. Tout va bien ?

Parler à sa mère ne l'apaisait pas. L'échange achevait même de le culpabiliser. Il écourta le calvaire :

— Ça va, beaucoup de travail. Je dois te laisser.

Il y eut un blanc sur la ligne.

— Déjà… ? Ça me fait vraiment plaisir de t'entendre, tu nous appelles si peu souvent… Prends soin de toi… Tu es sûr que tu vas bien, Julien ?

Son cerveau ne capta pas la question.

— Je vous embrasse.

Il reposa le portable. Il eut envie de pleurer.

16 h 02.

Dans son esprit, une accumulation d'images.

Il revit les obsèques nationales dans la cour de la préfecture. Les plus hautes autorités. Macron. Darmanin. L'hommage solennel. La remise de la Légion d'honneur aux défunts, à titre posthume. Il eut des flashs de ce moment d'enfer. Les parents de Sarah Barnowski – enceinte lors de son décès – hurlant de douleur. Ceux de Stéphane Lain, souffrant en silence, les yeux rougis. Les proches de Guilaine Monteil, venus en nombre depuis l'Auvergne. L'ex-compagne de Nicolas Pradier et ses enfants, inconsolables. Aucune famille ne s'était déplacée pour Delmas.

Des coups sur la porte le tirèrent de sa torpeur.

— Martial !

La voix du directeur. Il ne répondit pas.

Ce con de psychiatre avait dû donner l'alerte.

— Martial, vous allez bien ?

On cogna plus fort, du poing.

— Martial ! Ouvrez, bon sang ! OUVREZ !

Un grand boum. Un coup d'épaule.

Martial prit ses clés et déverrouilla la serrure d'un tiroir. Il saisit son arme, toujours chargée. Plaça le calibre dans sa bouche. Pensa à son ex-femme. À ses parents. Revit la maison de son enfance. Son collège. Son chat. Son club de basket. L'école de police. Il eut une curieuse sensation d'euphorie. Et pressa la détente.

Épilogue

Attentat du 24 avril 2022 à Joinville-le-Pont

– ---

Le quintuple assassinat du 24 avril 2022 à Joinville-le-Pont est une attaque terroriste djihadiste visant des policiers de la préfecture de police de Paris (Luc Delmas, Nicolas Pradier, Guilaine Monteil, Stéphane Lain et Sarah Barnowski), perpétrée au domicile de l'une des victimes dans le Val-de-Marne.

Les cinq fonctionnaires ont été tués à l'arme blanche par leur collègue Mario Giordano, un policier radicalisé converti à l'islam et se réclamant de l'État islamique.

Cet attentat s'est produit le jour de la réélection d'Emmanuel Macron à la présidence de la République française. Il a fait l'objet d'une couverture médiatique exceptionnelle.

Le procès s'est déroulé à Paris du 18 octobre au 5 novembre 2027. Lors des débats, Mario Giordano a refusé de s'exprimer. Condamné à la réclusion criminelle à perpétuité incompressible, il n'a pas fait appel. Aucune autre personne n'a été poursuivie.

Source : Wikipédia

Notes de fin

Toutes les notes sont de l'auteur.

1. Stupéfiant de qualité supérieure.

2. Guetteurs.

3. Point de deal.

4. Voiture volée équipée d'un numéro d'immatriculation correspondant à un véhicule identique : marque, modèle, couleur, options…

5. Agent de la brigade criminelle assurant entre autres les constatations sur les scènes de crime et l'organisation de la procédure.

6. Brigade criminelle.

7. Camionnette aménagée afin d'effectuer des surveillances discrètes. L'abréviation « soum » est également employée.

8. Inspection générale de la Police nationale. Surnommée « la police des polices » ou encore « les bœuf-carottes ».

9. Police aux frontières.

10. En 2014, un policier de la brigade des stupéfiants a dérobé 48,5 kg de cocaïne dans les scellés du 36, Quai des Orfèvres.

11. Service chargé notamment de collecter les informations opérationnelles en temps réel, de rédiger des notes d'information et de synthèse à l'attention de la direction.

12. Prendre une nouvelle affaire.

13. Sac de permanence renfermant le matériel nécessaire pour intervenir sur une scène de crime (lampe, gants…).

14. De l'anglais « *telephone out of control* » ou du français « téléphone occulte » : ligne ouverte sous un faux nom.

15. Éléments de munition cylindriques : on parle de « douilles » pour les calibres supérieurs à une quinzaine de millimètres.

16. Identité judiciaire.

17. Enquêteurs les plus récemment arrivés dans un groupe, en charge d'investigations telles que les enquêtes de voisinage.

18. Personne qui appelle le 17 (Police secours).

19. Brigade anticriminalité.

20. Personne du cru servant de guide, d'interprète et d'intermédiaire à un visiteur dans un pays qu'il ne connaît pas.

21. Désigne la police, notamment la préfecture de police de Paris.

22. Fichier national des empreintes génétiques.

23. Recherche, assistance, intervention, dissuasion. Le nom de cette unité de la Police nationale a été choisi à l'origine en référence au mot « raid », assaut militaire.

24. Section anti-terroriste de la Brigade criminelle (compétence locale).

25. Direction générale de la sécurité intérieure (direction « chef de file » en matière de lutte anti-terroriste).

26. Sous-direction anti-terroriste (compétence nationale).

27. Indics, informateurs.

28. « Têtes » en italien : meneurs d'un groupe de supporters ultras.

29. Animation visuelle et vocale, pleine de couleurs, utilisant papier, carton, plastique, ballons, voilages, drapeaux, bâches, écharpes…

30. Président de la République.

31. Carte de police.

32. Direction centrale de la police judiciaire.

33. Office central pour la répression des violences aux personnes.

34. Renseignements généraux de la Police nationale, remplacés aujourd'hui par le Renseignement territorial (RT). Mais le sigle « RG » reste largement utilisé dans la culture populaire.

35. Zouaves Paris : groupe dissous en 2022 après des violences commises sur des militants antiracistes lors d'un meeting d'Éric Zemmour.

36. Mouvement d'extrême droite américain pro-Trump promouvant des théories conspirationnistes délirantes et sectaires.

37. Compagnie départementale d'intervention.

38. Dispositif hydraulique d'ouverture de portes.

39. Système d'immatriculation des véhicules.

40. Genre de films d'exploitation des années 1970 mettant en scène des nazis commettant des sévices sexuels sur des femmes emprisonnées.

41. Traitement des antécédents judiciaires : fichier de police recensant les personnes mises en cause dans des affaires pénales.

42. Groupe de rock nazi des années 1980 apprécié des skinheads.

43. Sévère réprimande de la hiérarchie.

44. Lecteur automatisé de plaques d'immatriculation.

45. Service de soutien psychologique opérationnel.

46. Direction départementale de la sécurité publique du Doubs.

Ce roman est dédié à Jean-Baptiste Salvaing et Jessica Schneider, policiers assassinés dans leur pavillon à Magnanville par un terroriste islamiste le 13 juin 2016 ; à Damien Ernest, Anthony Lancelot, Brice Le Mescam et Aurélia Trifiro, policiers assassinés par un agent radicalisé de la préfecture de police de Paris le 3 octobre 2019 ; ainsi qu'à l'ensemble des victimes du terrorisme, quel qu'il soit.

Être policier, c'est se trouver aux premières loges de la violence de nos sociétés. Je n'ai pas eu à chercher loin la matière première de ce roman. Tout est sous mes yeux, chaque jour. Il suffisait de raconter.

Je remercie du fond du cœur Marie Eugène et Alexane Lepoan, mes éditrices chez HarperCollins. Je salue votre enthousiasme, votre gentillesse et votre professionnalisme de chaque instant. Donner vie à ce roman à vos côtés a été un grand bonheur. Merci à vous deux.

Merci à toute l'équipe HarperCollins France, notamment Anne-Marie Lafleur, Sarah Casquet, Albertine Villeneuve, Chloé Marquet, Caroline Lamoulie et Emmanuelle Bucco-Cancès. Votre accueil chaleureux me fait très plaisir.

À ma chère épouse, Marie-Diane. Ton soutien, ta présence et ton écoute au quotidien me sont précieux… Merci d'accepter de me voir disparaître pendant des heures pour écrire, réécrire, lire, relire, corriger, ajuster…

À mes parents, Suzanne et Serge, merci pour votre bienveillante et constante attention.

À Florence Dawans-Pondant, mon amie belge et formidable bêta-lectrice. Merci pour ta patience, ta méticulosité et tes encouragements depuis des années.

À mes amis, à mes collègues policiers, merci pour votre sympathie et vos marques d'intérêt pour mes romans.

Enfin, aux lectrices et lecteurs, aux libraires, aux chroniqueuses et chroniqueurs… et à l'ensemble des actrices et acteurs du livre que je ne pourrais citer exhaustivement ici. Votre passion, votre engagement forcent le respect. Vous faites vivre l'imaginaire, la culture et l'évasion. Ça n'a pas de prix.

Composé et édité par HarperCollins France.

Achevé d'imprimer en septembre 2023.

FIRMIN-DIDOT

à Mesnil-sur-l'Estrée (Eure)

Dépôt légal : octobre 2023.

Pour limiter l'empreinte environnementale de ses livres, HarperCollins France s'engage à n'utiliser que du papier fabriqué à partir de bois provenant de forêts gérées durablement et de manière responsable.

Imprimé en France